序 言

　　近年來，克漏字是大學聯考英文科必考的題型，而且比重有增無減，這種題型可一舉測出考生的文法、單字、片語及閱測能力，深度、廣度兼具，是英文科命題的重心。我們根據聯考克漏字出題的傾向與精神，精編「高中英文克漏字敎本」一書，並有「**高中英文克漏字敎本敎師手冊**」，詳細解說每一篇文章、每一個題目，是老師敎學和學生自修最佳的參考，本書重點如下：

＊文法解說：配合修飾線說明，再難、再長的句子，也能一目了然，文法說明深入淺出，任何難題無堅不破。

＊中文翻譯：週詳明確，迅速瞭解文章含義，沒有看不懂的句子。

＊生難單字：均附上音標、詞性及中文解釋，節省查字典的時間，使您事半功倍。

＊題目詳解：絕不避重就輕，連錯誤答案也加以解釋說明，使您迅速掌握解題要訣。

　　本書從籌備到完稿，我們無不全力以赴，力求嚴謹，若仍有疏忽之處，請不吝賜敎，使本書臻於盡善盡美。

編者　謹識

本書採用米色宏康護眼印書紙，版面清晰自然，
不傷眼睛。

Test 1 詳 解

We know ***that*** *a honeymoon is a* <u>*vacation*</u> *that the new husband and*
　　　　　　　　　　　　　　　　1
wife <u>*take*</u> *together right after they get married.* Did you ever <u>wonder</u>
　　　2　　　　　　　　　　　　　　　　　　　　　　　　　　　3
about the origin of this unusual word?

" 我們都知道新婚夫婦在結婚之後 ，馬上共渡的假期叫蜜月。你是否很想知道
這個特殊的字 ，它的起源爲何呢 ？ "

　　　honeymoon〔'hʌnɪˌmun〕*n.*蜜月（旅行）　　origin〔'ɔrədʒɪn〕*n.* 起源

1.（ D ）(A) date 日期　　(B) vocation 職業　　(C) ceremony 典禮　　(D) ***vacation*** 假期

2.（ B ）***take a vaction*** 渡假

3.（ C ）***wonder about*** ～　想知道～

　　　(A) complicate 使複雜　　(B) explain 解釋　　　(D) approve 贊成

In ancient times it was the custom *after marriage for the bride and*
groom to drink honey <u>*mixed with water*</u> for thirty days after the wedding.
　　　　　　　　　　　　　4
Thirty days is ***how long it takes the moon to become a full moon.*** *So by*
<u>*combining*</u> " honey " and " moon " (*thirty days*), we got the word honeymoon.
　　5

" 在古代 ，婚禮之後有一個習俗 ，即新郎和新娘在結婚之後 ，得喝三十天摻水
蜂蜜。三十天正好是月亮形成滿月所需要的時間 ，所以把「蜂蜜」和「月亮」（象徵
三十天）結合在一起 ，就形成蜜月這個字 。"

* it was the custom … wedding 中 ，it 只是形式主詞 ，眞正主詞是 to
drink honey mixed with ～wedding 。

　　custom〔'kʌstəm〕*n.* 習俗　　bride〔braɪd〕*n.* 新娘
　　groom〔grum〕*n.* 新郎　　***a full moon*** 滿月

4.（ A ）***mix A with B*** 把A、B混合在一起 。mixed with honey 是由形容詞子句
　　which was mixed with water 簡化而來的 。

5.（ D ）(A) replace 取代　　(B) expand　擴大　　(C) contract 收縮　　(D) ***combine*** 結合

Test 2 詳 解

In these days of continual traveling, people are becoming accustomed to manners <u>*different from* *their own*</u>. *Consequently,* they are <u>likely</u> to
1   2
understand *and* even enjoy the different manners and customs of foreigners. One should respect the customs of others; it makes a polite person <u>ashamed</u> to see another person doing something *which no gentleman would*
3
do.

"時常有機會旅行的今天，人們已逐漸習慣不同於自己的習俗。因此，人們很可能會了解，甚至喜歡外國人不同的風俗習慣。人們應該尊重他人的習俗；看到別人做出任何紳士都不願做的事，會使一個有禮貌的人感到羞恥。"

become accustomed to 習慣於（to 是介系詞）
manner〔'mænɚ〕*n.*（常用 *pl.*）風俗
consequently〔'kɑnsə,kwɛntlɪ〕*adv.* 因此

1.（**B**）(A)（be）peculiar to *sb.* ～是某人特有的
　　　　(B)（**be**）**different from** 不同於
　　　　(C)（be）similar to 和～類似
　　　　(D) go astray 迷路

2.（**A**）*be likely to-V* 可能會～
　　　　(B) urge 驅策，(C) prompt 促使，(D) probable 可能的，都不合。

3.（**D**）(A) shameful 可恥的（修飾事物）　(B) impudent 厚顏的
　　　　(C) eager 渴望的　　　　　　　　(D) *ashamed* 感到羞恥的（修飾人）

When the " Hallelujah Chorus " was first sung in public, members *of*
the audience were *so* <u>moved</u> *that they all stood up. Since then* it has

been customary for the audience to stand up ***while*** *the chorus* *is being*

5

sung, *in token of respect to its composer, George Frederick Handel.*

　　"當「哈利路亞合唱曲」第一次公開演唱時，觀衆感動得都站了起來。從那次以後，每當演唱這首合唱曲時，觀衆都會習慣性的起立，以表示對作曲者喬治・腓特烈・韓德爾的敬意。"

　　　　hallelujah〔͵hælə'lujə〕*n.*〔宗教〕哈利路亞（讚美上帝的頌歌）
　　　　chorus〔'korəs〕*n.* 合唱曲
　　　　customary〔'kʌstəm͵ɛrɪ〕*adj.* 慣常的
　　　　in token of 表示　　composer〔kəm'pozɚ〕*n.* 作曲家

4.（**A**）(A) ***moved*** 感動的　　　　　　(B) moving 令人感動的
　　　　　(C) touching 感人的　　　　　　(D) movable 會移動的

5.（**D**）(A) is being hummed 正在被哼
　　　　　(B) is hummed 被哼
　　　　　(C) is being mutilated 正在被刪改
　　　　　　mutilate〔'mjutl͵et〕*vt.* 刪改～使不完整
　　　　　(D) ***is being sung*** 正在被唱

Test 3 詳 解

Today's young American husband can *hardly* imagine ***what*** it was like
to be the man of the house in his great-grandfather's day.   The man's word
in that era was law. The household revolved around him ***and*** was run for
his special benefit on a schedule *designed to suit his convenience.*

"今天年輕一代的美國丈夫，幾乎想像不到，在他曾祖父時代，一家之主是什麼樣子的。在那個時代，男人的話就是法律。家庭以他為中心，並配合他的特殊利益，按照為了他的便利而設計的時間表來作息。"

> era〔ˈɪrə, ˈirə〕 *n.* 時代   household〔ˈhaʊsˌhold, -ˌold〕 *n.* 家庭
> revolve〔rɪˈvɑlv〕 *vi.* 旋轉   schedule〔ˈskɛdʒʊl〕 *n.* 時間表
> suit〔sut, sɪut, sjut〕 *vt.* 適合

1.（C）本題須以疑問代名詞 what 來引導名詞子句，作 imagine 的受詞，而 what 本身在子句中，又作 like 的受詞，故選(C)。

2.（C）***on schedule*** 按照時間表

3.（C）suit 在此作及物動詞用，直接接受詞。

His wife cooked the food he liked ***the way*** *he liked it.* She took ***what***
money he felt *like* giving her ***and*** spent it ***as*** *he commanded.*

"太太會用他所喜歡的方式，來烹調他愛吃的食物，丈夫想給她多少錢，她就只能拿多少錢，並得照他的命令來花用。"

4.（B）the way 之後的 in which 省略了，進而作連接詞用，引導副詞子句，修飾前面的動詞 cooked。再看下例：

Do it ***the way I told you to do.*** 照我所告訴你的方法去做。

5.（D）***feel like + V-ing*** 想要～
　　(A) feel for 同情，(C) feel of 摸摸看～，都不合句意。

Test 4 詳 解

The party started *shortly* after nine. Mr. Wood, *who* lived in the apartment below, sighed to himself *as he heard the first signs* — the steady tramp *of feet on the stairs* *and* the sound *of excited voices* *as the guests greeted each other*.

"宴會在九點之後不久開始，伍德先生就住在樓下的公寓裏，他一聽到最初的信號，就對自己歎氣。那些信號是不斷踩在樓梯上的脚步聲，以及客人們之間亢奮的招呼聲。"

*　長劃（──）之後的 the steady … other 是 the first signs 的同位語。

　　tramp〔træmp〕 *n.* 踏步聲

1.（ B ）(A) short 突然地　　(B) *shortly* 不久　　(C) sharply銳利地　　(D) seldom很少

2.（ C ）(A) sign 簽字　　(B) talk 談話　　(C) *sigh* 歎氣　　(D) shock 震驚

3.（ C ）(A) shout 喊叫　　(B) see 看見（看到人不一定會發出亢奮的招呼聲）
　　　　　　(C) *greet* 打招呼　　　　　　(D) welcome 歡迎

He knew *that* *in just a few minutes* the music would begin *and*, *after that*, the dancing. *Luckily*, Mr. Wood had brought some work home from the office *which would keep him busy for a while*. He hoped this would help him ignore the party *that was going on upstairs*.

"他知道再過幾分鐘，音樂就會響起，然後就是舞會。幸虧伍德先生帶一些公事回家做，那會讓他忙一陣子。他希望這樣能幫助他忘卻正在樓上進行的宴會。"

　　* the dancing 之後省略了 would begin，以避免重複。

4.（ D ）(A) Unluckily 不幸地　　　　　　(B) As a result 結果
　　　　　　(C) At length 終於　　　　　　(D) *Luckily* 幸虧；幸運地

5.（ A ）　help 之後應用原形動詞或不定詞，根據句意，選(A) ignore 忽視。(C) notice 注意，(D) concentrate 專心，不合句意。

Test 5 詳 解

It was late in the afternoon *when* I *came across* one of my good
　　　　　　　　　　　　　　　　　　1
friends yesterday. Not having seen him for a number of years, I let out
　　　　　　　　　　　　　　2　　　　　　　　　　　　　　　　　　3
a loud cry of joy. Many *people of the crowd* stared at me, *and* I felt
　　　　　　　　　　　　4
embarrassed. *In fact*, we were very pleased to see each other.
　　　　　　　　　　　　　　　　　　5

　　"昨天當我偶然遇見一個好朋友時，已經是傍晚了。因爲幾年沒看見他，因此
我高興得大叫。人群中有很多人盯著我，讓我覺得很窘。事實上，我們都非常高興
看見對方。"

　　　　　　stare at sb. 盯著某人

1.（ B ）(A) cross　橫越　　　　　　　　　(B) *come across*　偶然遇見
　　　　　(C) come　來　　　　　　　　　　(D) move away　搬走

2.（ B ）兩個句子之間缺少連接詞，通常其中一個句子會用分詞構句形式。因爲
　　　　　see 的動作比主要子句中的 let out 先發生，所以須用完成式分詞的形式
　　　　　（詳見文法寶典 p.461），選(B)。

3.（ C ）*let out* 放出。

4.（ A ）(A) people 指的是數目並不確定的人，因爲句首有 Many，表數目不定，故
　　　　　選(A)。(B) person 指的是數目確定的人，例 There are fifty *persons* in
　　　　　the classroom. （教室裏有五十個人。）(C) member 指的是「團體中的
　　　　　一員」，例 *members* of the club（俱樂部的會員）。(D) individual「個
　　　　　人」，都不合。

5.（ D ）pleased 感到很高興的，修飾人。

　　I decided to invite my friend to the President Hotel for a good dinner.

Meanwhile we could talk about our school days. We enjoyed our conversa-
　　6
tion, *and* promised to keep in touch with each other.

"我決定邀請我的朋友到統一飯店去吃一頓豐盛的晚餐。其間，我們還能談談學生時代的事。我們聊得很投機，也答應彼此要保持聯絡。"

keep in touch with *sb.* 與某人保持聯絡

6. (**A**) meanwhile〔'min,hwaɪl〕*adv.* 其間
   (B) since, (C) when, (D) after 都是從屬連接詞，它們所引導的子句不能單獨存在。

An hour later, ***when*** *I took out my* <u>wallet</u> ***and*** *was ready to pay,* the
　　　　　　　　　　　　　　　　　　7
waitress *smilingly* told me ***that*** somebody <u>had paid for</u> our dinner. I <u>felt</u>
　　　　　　　　　　　　　　　　　　　　8　　　　　　　　　　9
<u>obliged</u> to know ***who*** it was. *Still,* I <u>have not been able to</u> find out the
　　　　　　　　　　　　　　　　　　　　　　10
answer.

"一小時之後，我拿出皮夾，準備要付錢時，女服務生微笑地告訴我，帳已經付過了。我覺得有必要知道是誰付的帳，但是，我一直還沒有找到答案。"

7. (**A**)　(A) ***wallet*** 皮夾　　　　　　(B) ingenuity 智巧
　　　　　 (C) trick 詭計　　　　　　　　(D) curiosity 好奇心

8. (**B**)　***pay for*** 付～的錢，若選(A) had paid, 就變成「付錢給這頓晚餐」，顯然不合句意；(C)(D)是被動語態，在此不合。

9. (**B**)　***feel obliged to V*** 覺得有必要～
　　　　　 (C) feel like ＋ Ving 想要～

10. (**C**) 根據句意，應用現在完成式，表狀態由過去持續到現在，故選(C)。

Test 6 詳 解

Here is part of the conversation *between Mr. Brown painting the kitchen and Mr. Sullivan, his neighbor.*

Mr. Brown : Please excuse my appearance.

Mr. Sullivan : Of course. You look like a working man. Do I smell paint?

Mr. Brown : Yes, I'm painting the kitchen. *But* come in anyway. You can sit *and* talk to me *while I work.*

"下面是布朗先生和鄰居沙立文先生之間的部分談話。布朗先生正在粉刷厨房。

布朗先生 ：請包涵我的儀容。

沙立文先生：當然。你看起來像個工人。我聞到的是不是油漆的味道？

布朗先生 ：對，我正在粉刷厨房。不過，你還是進來吧。我工作時，你可以坐下來和我聊天。"

Mr. Sullivan : Well, *if you're sure it* <u>won't bother you,</u> I'll come in for
₁ just a minute. Please pardon me <u>for dropping in</u> *unexpect-*
₂ *edly like this and* interrupting your work.

Mr. Brown : That's quite all right. Come on in. *But* <u>watch out</u> for the
₃ wet paint.

"沙立文先生：嗯，如果你確定這不會打擾到你的話，我就進來一下子吧。請原諒我如此意外地來訪，打斷了你的工作。

布朗先生 ：眞的沒關係。進來吧。但是要注意油漆未乾。"

unexpectedly 〔‚ʌnɪk'spɛktɪdlɪ〕 *adv.* 出乎意外地

1. (C) (A) shall 用在第三人稱，表說話者的「命令」，it shan't disturb you 意爲「我不要這件事（it）打擾到你」，顯然不合句意。(B) won't go 不會走 (C) *won't bother* 不會打擾 (D) should leave 應該離開。

2.（**A**）*pardon* *sb.* *for* ＋～ 原諒某人～
　　(A) *drop* *in* 偶然來訪　　　　(B) pick up 在中途搭載
　　(C) stop 停止　　　　　　　　(D) fall in 掉進去

3.（**B**）(A) look through 透過～看　　(B) *watch* *out* *for* 注意
　　(C) look up 擡頭看　　　　　　(D) wait 等待

Mr. Sullivan : Oh, oh. Too late！ I'm afraid I got my hand in it already.

　　　　　　How clumsy of me！ Please excuse me. I'm awfully sorry.

Mr. Brown : Oh, <u>that's all right</u>. I can patch it easily. No harm done.
　　　　　　　　　4

　　　　　Here, take this rag *and* <u>wipe the paint off</u> your hand.
　　　　　　　　　　　　　　　　　　5

"沙立文先生：哦，哦，太遲了！恐怕我的手已經碰到了。我真笨！對不起，我真的
　　　　　　很抱歉。

布朗先生　：哦，沒關係，我一下子就可以把它補好，沒有造成任何損害。來，把
　　　　　　這塊破布拿去，擦掉你手上的油漆。"

　　　awfully〔'ɔfʊlɪ, 'ɔflɪ〕*adv.* 非常　　　patch〔pætʃ〕*vt.* 修補
　　　rag〔ræg〕*n.* 破布

4.（**B**）(A) that's wrong 那是錯的　　(B) *that's* *all* *right* 沒關係
　　(C) that's for all 那是給大家的　(D) I'm right 我是對的

5.（**D**）(A) drop off 減少；睡著
　　(B) drop off 是不及物動詞片語，不可接受詞。
　　(C) wipe the paint away 擦掉油漆（away 之後不能再接第二個受詞）
　　(D) *wipe* A *off* B 把 A 從 B 上擦掉

Test **7** 詳 解

When *we go to a toyshop to buy a present for a child,* our choice of toy is strongly affected by the child's <u>sex</u>. **Because** *we adults have fixed ideas about the roles suitable for boys and for girls,* we are likely to buy a different toy *according to* **whether** *the child is male or female.*

    "我們到玩具店去買禮物給小孩時，我們對於玩具的選擇，深受孩子性別的影響。因為我們這些成人對於適合男孩或女孩的角色，有著固定的看法，所以我們很可能會根據這小孩是男、是女，來買不同的玩具。"

    affect 〔əˈfɛkt〕 *vt.* 影響　　adult 〔əˈdʌlt, ˈædʌlt〕 *n.* 成人
    fixed 〔fɪkst〕 *adj.* 固定的
    suitable 〔ˈsutəbl̩, ˈsɪu-, ˈsju-〕 *adj.* 適合的

1.（**D**）由下一句中的… for *boys* and for *girls* 可知，本題應選(D) sex 性別。

2.（**A**）(A) **Because** 因為　　　　(B) Before 在～之前
     (C) Until 直到　　　　　(D) Where ～的地方

3.（**D**）**whether** A **or** B 是A或是B

    The kinds of toys *that are given to girls,* for example, are usually ones [*that* <u>imitate</u> *the activities of housework and raising children, like cooking sets, washing machines, and dolls*]. For boys, **on the other hand,** the toys *considered suitable by adults* usually emphasize <u>outdoor</u> action or adventure, like cars or footballs or guns.

    "例如，給女孩的玩具種類，通常是模仿家事，和撫養小孩的玩具，像烹調用具、洗衣機和洋娃娃。另一方面，就男孩而言，成人認為適合他們的玩具，通常是強調戶外活動或冒險，像汽車、足球或槍砲。"

housework〔'haʊs,wɜk〕*n.* 家事　　emphasize〔'ɛmfə,saɪz〕*vt.* 强調

4.（**C**）(A) arise　發生　　　　　　(B) limit　限制
　　　　(C) *imitate*〔'ɪmə,tet〕*vt.* 模仿　(D) appeal　訴諸

5.（**C**）(A) just the same　正好一樣　　(B) one and all 一概
　　　　(C) *on the other hand* 另一方面　(D) in the same way　同樣地

6.（**B**）由 like *cars* or *footballs* or *guns* 可知，應選(B) outdoor 戶外的 。(A)
　　immediate 立刻的 ，(C) public 公共的 ，(D) generous 大方的 ，都不合 。

That is, whereas boys' toys encourage them to go out into the world,

the majority of girls' toys suggest staying home. *In this way, although*
　　　　　　　　　　　　　　　　　　7
young children usually make no distinction between so-called "*boys' toys*"
　　8
and "*girls' toys*," *thanks to the kinds of toys that are bought for them by*

adults, they unconsciously learn the kinds of attitudes *that society wants*

them to develop as boys or as girls. *As a result*, from as young as five
　　　　　　　　　　　　　　　　　　　　　9
or six, most children have already begun to carry out the roles *that they*

will play in later life.
　　10

　　" 也就是說 ，男孩的玩具皷勵男孩走出屋子 ，踏入這個世界 ，然而大部分女孩
的玩具却暗示女孩待在家裏 。如此一來 ，雖然小孩通常不區別所謂「男生的玩具 」
和「女生的玩具 」，但是由於成人買給他們的玩具種類不同 ，使得小孩在不知不覺
中 ，學會各種社會要求他們發展成爲男孩或女孩 ，所需要的態度 。結果是 ，早從五、
六歲起 ，大部分的小孩就已經開始扮演他們在往後日子裏將要擔任的角色 。"

　　　distinction〔dɪ'stɪŋkʃən〕*n.* 區別
　　　make no distinction between 不加以區別
　　　so-called〔'so'kɔld〕*adj.* 所謂的　　*thanks to* 由於
　　　unconsciously〔ʌn'kɑnʃəslɪ〕*adv.* 不知不覺地
　　　attitude〔'ætə,tjud〕*n.* 態度　　*carry out* 執行

7.（**C**）(A) keep　保持

　　　　(B) insist　堅持（須與 on 連用，或接 that - 子句）

　　　　(C) *suggest*　暗示

　　　　(D) object　反對（須與 to 連用，或接 that - 子句）

8.（**B**）(A) toyshops　玩具店　　　　(B) *young children*　小孩

　　　　(C) adults　成人　　　　　　　(D) suitable toys　適合的玩具

9.（**D**）(A) All at once　突然；同時　　(B) To begin with　首先

　　　　(C) At any rate　無論如何　　　(D) *As a result*　結果

10.（**A**）role（角色）須與動詞 play（擔任）連用，故選(A)。

　　　　(D) adapt〔ə'dæpt〕*vt.* 適應

Test **8** 詳　解

Man is the only creature *who does not by instinct flee from fire. In all the world* he is the only one ⌈*who* has <u>*learned*</u> *to make fire, to control*
<u>　　　　　　　　　　　　　　　　　　　　1</u>
it, **and** *to use it for his good.*⌋ Man's domestic animals do learn to <u>enjoy</u>
<u>　　　　　　　　　　　　　　　　　　　　　　　　　　　　　　2</u>
its comforts— like the cat or dog before the fireplace. **But** most <u>animals</u>
<u>　　　　　　　　　　　　　　　　　　　　　　　　　　　　　　3</u>
fear fire.

　　"人類是唯一不會本能地想逃避火的動物。在全世界，人類是唯一學會生火、控制火、並爲自己的利益來使用火的動物。人類養在家裏的動物，也的確學會了享受火所提供的舒適——像壁爐前的貓或狗。但是大部分的動物還是怕火。"

　　　　instinct〔ˈɪnstɪŋkt〕*n.* 本能　　**by instinct** 本能地
　　　　flee from 逃避　　**make fire** 生火
　　　　for one's good 爲～的利益　　domestic animals 家畜
　　　　comfort〔ˈkʌmfət〕*n.*（*pl.*）舒適的設備
　　　　fireplace〔ˈfaɪrˌples〕*n.* 壁爐

1.（**C**）(A) done 做　　(B) made 做　　(C) **learned** 學會 (D) taken 拿取

2.（**B**）由後面的 like the cat … fireplace 可知，應選(B) enjoy 享受。

3.（**D**）選(D) animals 來和前一句的 domestic animals 對照。

　　The earliest men also feared fire, **and** they lived like animals. **When**
　　　　　　　　　　　　　　　　　　　　　　　　　　　　　　　　　　4
men learned to use fire, their way of life changed to a human one. *Since*
then, fire has been very <u>**useful**</u> to man. <u>**It**</u> was his first source of power
　　　　　　　　　　　　　　　5　　　　　　6
outside of the muscular energy of his own body.

　　"最早的人類也怕火，生活方式和動物相似。當人類學會用火，人類的生活方式就變得有人性了。從那時以後，火對人類一直都很有用。除了人類本身的力氣之外，火是人類的第一個動力來源。"

outside of ~ 除~之外   muscular〔'mʌskjələ〕*adj.* 肌肉的

4.(**B**)(A) Before 在~之前　　　(B) ***When*** 當~的時候
　　　　(C) Though 雖然　　　　　(D) However 然而

5.(**A**) 由前一句 When men … human one. 可知，應選(A) useful 有用的。

6.(**C**) 用 it 來代替前面提過的名詞 fire, 以避免重複。

Over thousands of years, it has helped him to master the forces of nature.
Without fire there would be many cold parts *of the world* ***that*** *man could*
　　　　7
not inhabit. He would not have much time for pleasure. He would have
　　　　　　　　　　　　　　　　　　　　　　　　　　　　　　8
to work very hard simply to stay alive.
　"數千年來，它一直幫助人類支配自然力。沒有火，世界會有很多寒冷的地方，是人類
無法居住的。沒有火，人類就沒有太多時間娛樂，而必須非常辛勤地工作，以求苟活。"

　　　　　inhabit〔ın'hæbıt〕*vt.* 居住

7.(**C**) 從第 7 題以下的三句，都是假設法，根據句意，應選(C)Without（如果沒
　　　　有~的話）。

8.(**D**) 句子中已有動詞，故空格只能填助動詞，因為句子屬假設
　　　　法，所以填假設法的助動詞 would。

　Today's world became possible ***when*** *man discovered* ***that*** *fire was a*
　　　　　　　　　　　　　　　　　　　　　　　　　　　　　　　　9
tool. *With fire* — *even the first flickering campfires* — man had begun his
long journey *into the lighted world of civilization*.
　　　10
　"當人類發現火是一項工具時，今天的世界才可能產生。有了火——即使是最
初那種明滅不定的營火——人類就開始走向燈火通明之文明世界的長途之旅。"

　　　　　flickering〔'flıkərıŋ〕*adj.* 明滅不定的　campfire〔'kæmp,faır〕*n.* 營火

9.(**C**) 名詞子句中尚缺少動詞，故選(C) was。

10.(**A**)(A) ***journey*** 旅行　　　　(B) reason 原因
　　　　(C) place 地方　　　　　　(D) source 來源

Test 9 詳解

Another factor **which** *contributes to the accident rate of large cars* is, *simply*, scale. There is an upper limit to the size of machines **that**
<u>man can control *with ease*</u>. Human beings also have dimension. Men can
handle huge trucks, enormous ships, **and** great airplanes **if** *their crew*
<u>are qualified with</u> *proper training and experience.*

"另外一個促成大型車意外事故的原因，就是它的大小。人們可以輕而易舉控制的機器大小，有其上限。此外，人類還有高矮胖瘦之分。如果員工有適當的訓練與經驗，人類也可以操作大卡車、巨船和大型飛機。"

factor〔ˈfæktɚ〕*n.* 原因　**contribute to** 促成
scale〔skel〕*n.* 大小；規模　dimension〔dəˈmɛnʃən〕*n.* 尺寸
enormous〔ɪˈnɔrməs〕*adj.* 巨大的　crew〔kru〕*n.*（全體）人員

1.（**B**）前文提及促成大車發生意外的是 scale（大小）的問題，所以此處根據句意選(B) size 大小。(A) content 內容，(C) form 形式，(D) invention 創造，句意均不合。

2.（**A**）**with ease** = easily (B)with difficulty 困難地，(C)with care 小心地，(D)with circumstance 詳細地，句意均不合。

3.（**C**）(A) lay claim to～ 主張對～的權利
(B) make a better understanding of 更加了解
(C) **be qualified with**～ 具有～而合格
(D) be ignorant about 不知道

But our automobile drivers are not properly trained; **furthermore**, larger
autombiles depreciate early. A ten-year-old Cadillac, **provided** *it is in*

excellent condition, might be worth *just as* much *as a ten-year-old Volks-wagen.* **However**, it is far less expensive to buy new tires **and** parts for a smaller car **than** *for a larger car.* It is likely, **therefore**, **that** old large automobiles will be in a poorer state of repair **than** *old small ones.*
5

"但是我們的汽車駕駛員並沒有受過適當的訓練,而且,大型汽車貶值得快,一輛十年車齡的凱迪拉克,就算情況良好,價值可能只跟一輛用了十年的福斯汽車不相上下。然而,買小車的輪胎與零件,要比大車便宜太多了,因此,舊的大車保養情況很可能比舊的小車差。"

depreciate〔dɪ'priʃɪ‚et〕*vi.* 貶值
provided〔prə'vaɪdɪd〕*conj.* 如果

4.(B)(A) nevertheless 然而　　　(B) **furthermore** 此外
　　　　(C) therefore 因此　　　　　(D) consequently 所以

5.(D)大車因為零件昂貴,維修的情況,一定不如小車,故選(D) poorer 更差的。

Test 10 詳解

David ： Hello. Fancy meeting you here！I thought you intended to spend
　　　　your holiday in Hualien.

Albert ： So did I. ***But*** at the very last minute, the friend <u>*I was going*</u>
　　　　　　　　　　　　　　　　　　　　　　　　　　　　　　　　1
　　　　<u>*with*</u> decided he couldn't afford it, ***so*** it all fell through.

David ： What a pity！I know you were looking forward to it.
　　　　　　　　2

Albert ： It can't be helped. I've made up my mind to go to Hualien next
　　　　　　　　3
　　　　year, come what may.

"大衞：哈囉，沒想到在這裏遇見你！我還以爲你打算去花蓮渡假呢。
　亞伯：我本來也是這麼打算。可是到出發前，同行的朋友才說他負擔不起費用，
　　　　所以一切都泡湯了。
　大衞：太可惜了！我知道你很期盼這趟旅行的。
　亞伯：這也沒辦法啊。我已經決定，不管怎麼樣，明年一定要去花蓮。"

　　＊ fancy 用在感歎句中，用來表達「驚訝」或「不贊成」。Fancy meeting
　　　you here！沒想到在這裏遇見你！（表驚訝）。原形動詞＋疑問詞＋主詞＋助
　　　動詞，可用來表示讓步，文中的 come what may ＝ no matter what may
　　　come。

　　　fancy〔'fænsɪ〕*vt*. 想像　　　***fall through*** 未能實現
　　　look forward to 期待　　　***make up one's mind*** 下定決心

1.（**A**）(A) I was going with是一個形容詞子句，修飾 friend，句意、文法皆
　　　　　正確。(B) call on拜訪，句意不合。(C)應改成 a friend of mine。(D)一個
　　　　　朋友不確定，但是決定他不去，句意完全不合。答案(B)(D)不僅句意不合，
　　　　　也未交代 the friend（那位朋友）是哪位，故選(A)。

2.（**C**）(A) Wonderful！太棒了！　　　　(B) Oh, yes. 哦，是的。
　　　　　(C) ***What a pity***！太可惜了！
　　　　　(D) That's all right. 沒關係（別在意）。

3.（**D**） (A) I'm sorry. 很抱歉。　　　　(B) Thank you. 謝謝你。
　　　　 (C) Not at all. 不必客氣。
　　　　 (D) ***It can't be helped***. 這也是沒辦法的事。（ help 在此處當「避免、
　　　　　阻止」講。

David　 : When did you get here?

Albert : A couple of days ago. I came by air.

David　 : <u>So did I</u>. Are you staying near the center?
　　　　　　4

Albert : No, a little way out. ***But*** the hotel is good and very reasonable.

　　　　 Where are you staying?

David　 : In a students' hostel, ***but*** I'm leaving tomorrow.

Albert : <u>Will you be on your own?</u>
　　　　　　　5

David　 : Yes. Why don't you join me?

Albert : I'd like to if ***I had more time***.

　"大衞： 你什麼時候到這裏的？
　亞伯： 幾天前，搭飛機來的。
　大衞： 我也是。你住在市中心附近嗎？
　亞伯： 不是，有一段距離。可是旅館很不錯，價錢也合理。你住在哪裏？
　大衞： 我住在學生宿舍裏，可是我明天就搬了。
　亞伯： 你都一個人行動嗎？
　大衞： 是啊，你爲何不加入我呢？
　亞伯： 如果我時間更寬裕點，我很樂於與你同行的。"

　　　　 by air 搭飛機　　 hostel〔ˊhɑstḷ〕*n.*（給學生、旅行者住的）旅館

4.（**B**） (A) so＋代名詞＋助動詞（或 be 動詞），表贊同。So I was. 我的確是，與句意不
　　　　合。(C)是，我是。和(D)不，我不。與上下文句意不符，故選(B) So did I. 我也是。
　　　　so＋助動詞（或 be 動詞）＋代名詞，作「也」解，用在肯定句中。

5.（**A**） ***on one's own*** 獨自一人。(B)我們一起去，(C)請再度光臨，(D)你幫我一個
　　　　忙好嗎？句意均不合。

Test **11** 詳 解

Student A : How about coming out with me tomorrow night? We can go
somewhere for something to eat together.

Student B : Well, actually, ***as it happens***, I'm a little short of cash just
<u>　　　　　　　　1</u>
at the moment.

Student A : Oh, don't worry about it. Of course, <u>I'll take care of the</u>
<u>　　　　　　　　　　　　　　　　　　　　　2</u>
<u>expenses</u>.

Student B : Well, it's not only that. In fact, I don't eat supper ***as I***
want to lose some weight.

"學生A：明天晚上和我出來好不好？我們可以找個地方一塊兒吃飯。
學生B：嗯，事實上，很不湊巧，我現在有點缺錢。
學生A：哦，別擔心。當然，花費由我負責。
學生B：嗯，不只那樣。事實上，因為我想要減肥，所以我不吃晚餐。"

　　be short of 缺乏　　cash〔kæ∫〕*n.* 錢；現款

1.（ **B** ）(A) what happens? 發生了什麼事？
　　　　　(B) ***as it happens*** 不湊巧地
　　　　　(C) if it were to happen 如果發生了這種事
　　　　　(D) as it were（＝so to speak）好比是

2.（ **C** ）(A) 費用記在你的帳上　　　　(B) 各自付帳
　　　　　(C) 花費由我負責　　　　　　(D) 我會借一些給你

Student A : Oh, I can't believe that. It seems to me ***that*** you've got
a great figure. ***But anyway***, let's skip eating. How about
going rollerskating ***together***?

Student B : Oh, that's impossible. I haven't a clue about skating, **and** **anyway**, I don't have any skates.

Student A : It's easy, you can get some there. **And** I'll be happy to show you <u>how</u>.
          　　　　　　　　　3

Student B : **Well, maybe. But** ··· **oh**, I've just remembered : I'm going out with one of my school friends that evening.

"學生A : 哦，眞令我難以相信。在我看來，你的身材很好。不過，無論如何，我們就不要吃飯，一塊兒去溜冰怎麼樣？

學生B : 哦，那也不行，我對溜冰一竅不通，而且不管怎樣，我根本沒有溜冰鞋。

學生A : 那簡單，到那裏就有了。而且我很樂意敎你怎麼溜。

學生B : 嗯，或許吧。但是……哦，我剛想起來：明天晚上，我要和一個同學出去。"

　　　figure 〔ˈfɪgjɚ, ˈfɪgɚ〕 *n*. 身材　　　skip 〔skɪp〕 *vt*. 略過
　　　rollerskate 〔ˈrolɚˌsket〕 *vi*. 穿輪式溜冰鞋溜冰
　　　clue 〔klu〕 *n*. 線索　　　skate 〔sket〕 *n*. 溜冰鞋

3.（**A**）(A) **how** 如何；方法　　　　　(B) what 什麼
　　　(C) that 那件事　　　　　　　　(D) why 爲什麼

Student A : Oh, dear. Why don't you ask her **if** she can't come another day ?

Student B : Yes, **but**, **actually**, she's leaving for home the day after, **and** I shan't see her again for months, **so** really I can't <u>let her down</u> on her last day.
          　　　　　　　　　　　　　　　4

"學生A : 哦，天哪。你爲什麼不問她，是否能改天來呢？

學生B : 好啊。但是，事實上，她後天就要回家，我有好幾個月見不到她，所以我眞的不能在最後這一天，讓她失望。"

4. (**C**) (A) leave her behind　留下她　　(B) hold her down　壓制她
　　　　(C) *let her down*　使她失望　　(D) lay her down　捨棄她

Student A : Yes, I see. *Well*, there's always another day. I'll be free
　　　　　　on Friday. *And* I had thought of taking in a ball-game. What
　　　　　　do you say ?

Student B : Mmm, I have an English test on Saturday, *so* I've just got
　　　　　　to stay home on Friday and study.

Student A : Me, too. *But* I'm not going to <u>stick</u> at home studying just
　　　　　　　　　　　　　　　　　　　　　5
　　　　　　for some tedious old test.

Student B : What a pity! I do like intellectual boys. Bye-bye.

"學生A : 好吧，我明白了。嗯，改天總可以吧。星期五我有空，我一直想去看場
　　　　球賽，你覺得怎麼樣？
　學生B : 呣，我星期六有英文考試，所以我星期五必須待在家裏讀書。
　學生A : 我也是，但是我不想為了某個沈悶又陳腐的考試，就一直待在家裏讀書。
　學生B : 真可惜。不過我喜歡有智慧的男孩。再見。"

　　* studying just … test 是分詞片語作主詞補語用，在此表示與 stick 的動作
　　作同時進行。

　　　　take in　觀光;造訪　　tedious〔'tidɪəs, 'tidʒəs〕*adj.* 沈悶的

5. (**D**) (A) attach　貼上　　　　　　(B) tie down　束縛
　　　　(C) stop over　中途下車　　　(D) *stick*　持續（待在某個地方）

Test 12 詳 解

Architecture is the art and science *of designing buildings*. The architect draws plans *which the builders follow*. Many different styles *of*
$\overline{}$
1
architecture have been used through the ages. Architecture tells the story

of how civilizations grow. The first great architects, the Egyptians, were
2
more interested in building tombs, *such as the pyramids*, *than* houses.
3
The Persians often decorated walls *with significant carvings*, *showing*
4
hunting and battle scenes.

　　"建築學是設計建築物的藝術和科學。建築師畫好設計圖,營造商就照著圖蓋。許多不同的建築風格世世代代以來一直在沿用。建築告訴了人們文明發展的故事。第一批偉大的建築師是埃及人,他們對於建造墳墓,例如金字塔,要比建造房子來得有興趣。波斯人常用意義深長的雕刻來裝飾牆壁,這些雕刻展現出打獵和戰鬥的場景。"

architecture〔'ɑrkə,tɛktʃə〕*n.* 建築學
architect〔'ɑrkə,tɛkt〕*n.* 建築師　　Egyptian〔ɪ'dʒɪpʃən, i-〕*n.* 埃及人
pyramid〔'pɪrəmɪd〕*n.* 金字塔　　Persian〔'pɝʒən, -ʃən〕*n.* 波斯人
significant〔sɪg'nɪfəkənt〕*adj.* 意義深長的
carving〔'kɑrvɪŋ〕*n.* 雕刻

1.(**B**)(A) make 製造　　　　　　　(B) *follow* 遵循
　　　　(C) imitate 模仿　　　　　　(D) buy 購買

2.(**A**)(A) *how* 如何　　(B) why 為什麼　　(C) when 何時　　(D) what 什麼

3.(**C**) 由句尾的 *than* 可知,本題應填比較級的形容詞,故選more interested in 。

4.(**D**) *showing* hunting and battle scenes 是由補述用法的形容詞子句*which*(= *carvings*)*showed* … scenes 簡化而來,做補充說明。

The system *of Greek building* was quite simple. Rows of tall marble columns supported heavy stone beams, *on which the roof was placed.* The
5
great architecture *of many civilizations* is often best seen in the religious buildings. *Sometimes* the shape *of the building itself* had a religious
6
meaning. The Chinese thought of the tall pagoda as pointing the way to heaven.

In Europe during the Middle Ages stone was the natural building material
7
for building stone castles and long-lasting cathedrals.

" 希臘建築的系統相當簡單。幾排高高的大理石圓柱支撐笨重的石樑，而屋頂就架在石樑之上。許多文明的偉大建築，往往可在宗教建築物中看到。有時候建築物的形狀本身就具有宗教意義。中國人認爲高高的寶塔，正是指著通往天上的道路。在中古世紀的歐洲，石頭是天然的建材，用來建造石頭城堡，以及耐久的大教堂。"

* on which … placed 是補述用法的形容詞子句，補充說明 heavy stone beams。

　　　row [ro] *n.* 排　　marble ['marbḷ] *n.* 大理石
　　　column ['kɑləm] *n.* 圓柱　beam [bim] *n.*（建築物中的）樑
　　　pagoda [pə'godə] *n.*（東方式的）塔
　　　castle ['kæsḷ, 'kɑsḷ] *n.* 城堡　cathedral [kə'θidrəl] *n.* 大教堂

5.（ B ）根據句意，place 之後的介詞應用 on，表「置於～之上」，故選(B)。

6.（ C ）(A) size 大小　　　　　　　(B) magnificence 壯麗
　　　　　(C) *shape* 形狀　　　　　　(D) stature 身材

7.（ B ）(A) source 來源　　　　　　(B) *material* 材料
　　　　　(C) substance 物質　　　　(D) object 物體

Test 13 詳 解

Chinese artists often use only one color in a painting, *so their ink-mixing tools receive as much careful attention as their brushes*. The ink is a <u>compound</u> of lampblack, *or* soot *from a particular species of pine,* ___1___ *and* glue, <u>*pressed into a cake*</u>. ___2___

"中國藝術家在畫中通常只用一種顏色，所以他們對於混合墨水的工具，就和對毛筆一樣地小心注意。墨是一種特別的松樹的煤煙和膠的合成物，被壓成塊狀。"

> brush〔brʌʃ〕*n.* 毛筆　　lampblack〔ˈlæmpˌblæk〕*n.* 油煙；黑色顏料
> soot〔sʊt,sut〕*n.* 油煙；煤煙　　pine〔paɪn〕*n.* 松樹
> glue〔glu〕*n.* 膠

1. (**A**) (A) **compound**〔ˈkɑmpaʊnd〕*n.* 合成物
　　　(B) conjuncture　結合
　　　(C) consequence　結果　　　(D) component　成分

2. (**A**) pressed into a cake 是由補述用法的形容詞子句 which (＝a compound) is pressed into a cake 簡化而來，對 compound 做進一步補充說明。

The artist grinds the ink on a stone slab *and* <u>mixes it carefully *with* ___3___ *miniscule amount of water*</u> to make a thick, <u>*thin*</u>, light, or dark ink. ___4___ Ink-mixing secrets are highly valued, *for* very subtle shadings of ink can be used <u>to create</u> a sense of full, natural color. ___5___

"藝術家在石板（即硯台）上磨墨，小心混合少量的水，以造成濃、淡不同的墨水。混合墨水的祕密受到很高的重視，因爲非常細緻的墨水濃淡變化，可以用來創造一個豐富、自然的色彩感。"

grind〔graɪnd〕*vt.* 磨　　　slab〔slæb〕*n.* 石板

miniscule〔'mɪnɪskjul〕*adj.* 微小的　　　subtle〔'sʌtl̩〕*adj.* 細微的

shading〔'ʃedɪŋ〕*n.* （顏色等的）逐漸的變化

3.（**D**） and 在此連接兩個現在式動詞 grinds 和 mixes，而且 mix 是及物動詞，須
　　　有受詞，故只能選(D) mixes it carefully with 。

4.（**B**） thick（濃的）相反詞是 *thin*（淡的），選(B)。
　　　(A) slim 細長的，(C) flat 平坦的，(D) tiny 微小的，都不合。

5.（**C**） *be used to* ＋動詞原形　被用來～，故選(C) to create 。

Test 14 詳 解

Taipei is known for its high <u>degree</u> of law and order *compared with*
                               1
the rest of the island. *If there has been an increase in the crime rate*
in Taipei [*that* justifies the government's listing <u>as</u> *its top priority*
                                                            2
the preservation of law and order] , *then* conditions *in other parts of*
the island are no doubt just as serious, *if not more serious.*

　　"跟台灣其他城市相比，台北高度的治安是很有名的。如果台北的犯罪率增加，
使政府理所當然地把維持治安列為第一優先，那麼台灣其他地方的情況，如果不比
台北更糟糕，毫無疑問地也跟台北一樣地嚴重。"

　　　　justify〔'dʒʌstə,faɪ〕*vt.* 證明～應當　priority〔praɪ'ɔrətɪ〕*n.* 優先
　　　　preservation〔,prɛzə'veʃən〕*n.* 維持

1. (C) (A) extent 及(C) degree 都可以當「程度」講，但是 extent 只能用 great
　　　　或 large 來修飾，只有 degree 之前可加形容詞 high 或 low, 所以選(C)。

2. (A) *list* A *as* B 把A列為B，若 list 的受詞A太長時，可將A移至B後，
　　　　如題目中將 the preservation … order 移至 top priority 之後。

We have long advocated tough police action as a way *to suppress crime.*
Our police should be given more freedom *in subduing dangerous criminals,*
particularly underworld figures. The judiciary should <u>mete out</u> stiff pen-
         3
alties to convicted criminals <u>to deter</u> *violations of the law.*
                                  5

　　"我們長久以來一直主張警方採取強硬的措施，作為抑制犯罪的方法。制伏危險罪
犯，特別是黑社會人物時，警察應該被賦予更多的自由。對已經證明有罪的犯人，
法官應當給予他們嚴屬的處罰，以嚇阻違法行為的產生。"

advocate〔'ædvə,ket〕*vt.* 主張　　tough〔tʌf〕*adj.* 强硬的

suppress〔sə'prɛs〕*vt.* 抑制　　subdue〔səb'dju〕*vt.* 制伏

underworld〔'ʌndə,wɜld〕*adj.* 黑社會的

judiciary〔dʒu'dɪʃɪ,ɛrɪ〕*n.* 法官　　stiff〔stɪf〕*adj.* 嚴厲的

penalty〔'pɛnəltɪ〕*n.* 處罰　　convict〔kən'vɪkt〕*vt.* 證明有罪

violation〔,vaɪə'leʃən〕*n.* 違反

3. (**D**) 某些副詞可以修飾名詞（詳見文法寶典 p.228），particularly 在此用來加强
underworld figures 的語氣。(A) particularized 被列舉的，(B) particular
特別的，(C) to particularize 去列舉，均不對。

4. (**B**) (A) meet with 遭遇　　　　　(B) *mete out*　給予
(C) eke out　補充　　　　　　(D) give off　散發

5. (**A**) 此處要用不定詞片語，表示目的，根據句意選(A) to deter 爲了要阻止。
(B) refer 提到，(C) defer 延期，(D) defy 違抗，都不合。

Test 15 詳 解

Guest　: Good morning. I am afraid ***that*** I am not very satisfied with
the service *at the hotel*. *For a start*, <u>the room didn't look</u>
　　　　　　　　　　　　　　　　　　　　　　　　　　　¹
<u>very clean</u>.

Manager : I am very sorry. It should have been cleaned up this morning.
I'll look into it.

Guest　: ***And when*** *I tried to have a bath*, <u>there was no hot water</u>.
　　　　　　　　　　　　　　　　　　　　　　　　　　²

Manager : Oh, yes, I am afraid the heating system broke down. ***But*** it
will be repaired *in another half hour*.

"客人：早安。恐怕我不是很滿意你們旅館的服務。首先,房間看起來不是很乾淨。
經理：很抱歉。今天早上房間就應該打掃乾淨了,我會調查這件事。
客人：而且當我想要洗個澡時,却沒有熱水。
經理：哦,是的,恐怕加熱系統故障了,但是再過半小時,就會修好了。"

clean up 打掃乾淨　　***look into*** 調查

1.（**C**）(A) the room was too clean　房間太乾淨
　　　　(B) my sheets were dirty　我的床單很髒
　　　　(C) ***the room didn't look very clean***　房間看起來不是很乾淨
　　　　(D) it was a bad morning　那是個糟糕的早上

2.（**D**）(A) soap was not there　肥皂不在那裏
　　　　(B) water was cold　水是冷的（水龍頭的水本來就是冷的,應強調沒有熱水才對）
　　　　(C) it wasn't a bath　那不是浴室
　　　　(D) ***there was no hot water***　沒有熱水

Guest　: ***And when*** *I arrived*, I was told ***that*** <u>there was no room for me</u>,
　　　　　　　　　　　　　　　　　　　　　　　　　　　　³
although *I had a letter confirming my reservation a month ago*.

Manager　: Ah, yes, I'm afraid the clerks have not got used to the new

computer yet. I am extremely sorry.

Guest　　: *In the restaurant this morning, **when I was having breakfast**,*

your waitress was careless enough to spill coffee on my trousers.
4

Manager　: I am very sorry indeed. Please have them cleaned *at the hotel's*

expense.

"客人：還有，雖然我在一個月前，就寫信來確定房間，但是，我到的時候，你
　　　們却說沒有我的房間。

經理：哦，是的，恐怕是職員尚未習慣新的電腦。實在很抱歉。

客人：今天早上在餐廳，我正在吃早餐，你們的女服務生太不小心，居然把咖
　　　啡潑在我的褲子上。

經理：眞的很抱歉。請讓本旅館負擔清洗費。"

confirm〔kən'fɜm〕*vt.* 確定

reservation〔ˌrɛzəˈveʃən〕*n.*（房間、門票等的）預訂

clerk〔klɝk〕*n.* 職員　　expense〔ɪkˈspɛns〕*n.* 費用

3.（D）(A) my room was not there　我的房間不在那裏

(B) another person is in my room　有人在我的房間

(C) a room was let to someone else　房間讓給別人

(D) ***there was no room for me*** 沒有我的房間

4.（C）(A) give me cornflakes instead of bacon　給我玉蜀黍薄片，而不是
　　　　　醃豬肉

(B) put jam on my table　把果醬放在我的桌上

(C) ***spill coffee on my trousers*** 把咖啡潑在我的褲子上

(D) stamp on my foot　踩我的脚

cornflakes〔ˈkɔrnˌfleks〕*n., pl.* 玉蜀黍薄片（拌糖、牛奶等作早餐食用）

jam〔dʒæm〕*n.* 果醬　　spill〔spɪl〕*vt.* 潑；灑

trousers〔ˈtrauzəz〕*n. pl.* 褲子　　stamp〔stæmp〕*vt.* 踩

Guest　　: *And on top of everything, **when** I came to pay my bill*, I found

　　　　　 that they were trying <u>to overcharge me</u>.
　　　　　　　　　　　　　　　　　　　　　5

Manager : Most regrettable. I am afraid ***that*** the clerks have not got

　　　　　 used to the new billing system yet. ***But*** I am sure ***that*** all

　　　　　 this will be improved *when you next come to visit us*.

"客人：最過分的是，我買單時，發現他們想要敲我竹槓。

　經理：非常遺憾。恐怕是職員還不習慣新的記帳系統。但是我確信，當您下次
　　　　再光臨時，這些都會改進的。"

　　　on (the) top of 加之；在～的上面

5.（B） (A) a lot of money　很多錢

　　　　(B) *to overcharge me* 敲我竹槓

　　　　(C) 應改成 to let me go without paying 不用付錢就放我走

　　　　(D) 應改成 to make me pay too much 強迫我付太多錢

　　　　overcharge〔'ovɚ'tʃɑrdʒ〕*vt.* 敲～的竹槓；向～索價過高

Test **16** 詳 解

An appropriate question *to ask about the Academy Awards* is *why* the
ceremony is so popular. Let's face it. This event is quite <u>likely</u> the
                                                                    1
most popular *and* well publicized awards presentation in the world. Its
prestige may not equal <u>that of</u> the Nobel Prizes, *but* its cultural signifi-
                          2
cance *and* its enormous appeal are challenged only by the annual Miss
Universe Contest.

　　"關於奧斯卡金像獎，常被問到的問題就是，這個典禮爲什麼如此受歡迎。讓
我們來面對它。這件大事很可能是全世界最受歡迎，並且宣傳最廣的頒獎大典。它
的聲望可能比不上諾貝爾獎，但是它的文化意義，以及巨大的吸引力，只有每年一
度的環球小姐選美才能和它抗衡。"

　　appropriate〔ə'propriɪt〕*adj*. 專屬的；適當的
　　Academy Award 奧斯卡金像獎　ceremony〔'sɛrə,monɪ〕*n*. 典禮
　　publicize〔'pʌblɪ,saɪz〕*vt*. 宣傳
　　presenation〔,prɛzn̩'teʃən, ,prizn̩'teʃən〕*n*. 演出
　　prestige〔'prɛstɪdʒ, prɛs'tiʒ〕*n*. 聲望
　　enormous〔ɪ'nɔrməs〕*adj*. 巨大的　appeal〔ə'pil〕*n*. 吸引力
　　annual〔'ænjʊəl〕*adj*. 一年一次的　universe〔'junə,vɝs〕*n*. 世界

1.（**A**）本題需要一個副詞，根據句意，選(A) likely 很可能。(C)maybe（或許）是
　　　　個副詞，其位置多在句首，在此不合。

2.（**C**）equal（比得上）在此作動詞，是及物用法，不需要介系詞；而 that 在此
　　　　代替前面提過的名詞 prestige，以避免重覆，this 沒這種用法。故選(C)。
　　　　選(B)則句意變成「奧斯卡金像獎的聲望比不上諾貝爾獎」，顯然不合，聲望跟獎
　　　　是不同類的東西，不能比較。

In order to understand this appeal, *perhaps* we should ask what it is

that the ceremony does. The Academy Awards gives us a look at more

<u>celebrities</u> in one place than any other program. The appeal of spectacle
　　3
and personalities is great.

「爲了瞭解這種吸引力，或許我們應該問，這個典禮做了什麼事。奧斯卡金像獎讓我們在同一個地方看到許多名人，這是在其他節目中看不到的。大場面和名人的吸引力很大。」

　　　　spectacle〔'spɛktəkl̩〕 *n.* 壯觀的場面

　　　　personality〔,pɝsn̩'ælətɪ〕 *n.* 名人

3.（ B ）(A) underworld 下層社會；黑社會　(B) *celebrity*〔sə'lɛbrətɪ〕 *n.* 名人
　　　　 (C) privilege 特權　　　　　　　　 (D) roles 角色

But there is something *else going on*: the psychological appeal; the

deep, nearly <u>obsessive</u> interest in this event. We can see this annual
　　　　　　　　4
ceremony as a restatement of the American Dream. It is reminding us

that America is a democracy *in which real people can become rich and*
　　　　　　　　　　　　　　　5
famous.

「但是，還有其他的因素：心理的吸引力；對這件事深切的、近乎著迷的興趣。我們可以把這每年一度的典禮，看做美國夢的重述。它提醒我們，美國是個民主國家，在這裏，每一個人都可以名利雙收。」

　　　　psychological〔,saɪkə'lɑdʒɪkl̩〕 *adj.* 心理上的

　　　　restatement〔ri'stetmənt〕 *n.* 重述

4.（ D ）(A) decisive 決定性的　(B) possessive 所有的　(C) impressive 感人的
　　　　 (D) *obsessive*〔əb'sɛsɪv〕 *adj.* 令人著迷的

5.（ D ）in which real … famous 是形容詞子句，修飾 democracy。其中的 in 表
　　　　「在～之中」，不可省略。(A) what 是複合關代，不需要先行詞。

Test 17 詳解

War is *after all* the ultimate result *of mass egoism*. The misunderstanding *resulting from egoism* is incurable, **as** *we often see in a quarrel* (1) *between individuals*. ***Where** there is* **mutual** *understanding and trust,* ***there*** (2) is no strife. Competition *based on the spirit of fair play* is a stimulus *to progress*.

"大衆都抱持利己主義的最後結果，就是導致戰爭。我們經常可以在人與人之間的爭吵中，了解到起源於利己主義的誤解，是無藥可救的。只要能互諒、互信，爭端就不再有。以公平比賽的精神爲基礎的競賽，可以刺激人們進步。"

* where ～ there …是表讓步的連接詞，作「若～則…」解。(詳見文法寶典 p.523)

ultimate〔ˈʌltəmɪt〕*adj.* 最後的　　egoism〔ˈigoˌɪzm̩〕*n.* 利己主義
misunderstanding〔ˌmɪsʌndɚˈstændɪŋ〕*n.* 誤解　***result from*** 起源
incurable〔ɪnˈkjʊrəbl̩〕*adj.* 無藥可救的
strife〔straɪf〕*n.* 爭吵　　stimulus〔ˈstɪmjələs〕*n.* 刺激

1. (**A**) 這裏需要一個關係代名詞，引導 we often … individuals 這個形容詞子句，修飾前面 The misunderstanding … incurable 這一整句話，可以代替一整個句子的關係代名詞，只有 as 跟 which，故選(A) as。

2. (**D**) (A) incomplete 不完整的　　(B) limited 有限的
　　　 (C) little 很小的　　　　　　(D) ***mutual*** 相互的

But the competition *on **which** the life or death of an individual or a* (3) *society depends* will be the cause *of a quarrel or a war*. Egoism comes (4) from fear, ***and*** fear, **whatever** *it may be*, can be traced to the fear of (5) death.

"但是決定個人或社會生死存亡的競賽,則會變成爭吵或戰爭的起因。利己主義是因為恐懼而產生的,而不管那一種恐懼,都可以追溯至人類對死亡的恐懼。"

trace〔tres〕*vt*. 追溯

3.(**D**) depend 一定跟介系詞 on 連用,此處的 on which … depends 是一個形容詞子句,修飾主詞 competition。

4.(**A**) (A) *cause* 原因   (B) means 方法
           (C) purpose 目的   (D) resent 痛恨

5.(**B**) 根據句意,應用(B)whatever(=no matter what)引導一個表讓步的副詞子句,修飾動詞 traced。(A) however 無論如何,(C)whenever 無論何時,(D)wherever 無論何處,都不合。

Test 18 詳 解

People <u>suffer from</u> jet lag **because all living things have a biological**
₁
clock. Plants and animals are all <u>in rhythm with</u> the natural division *of*
₃
time —day and night and the seasons.

　　"人們搭乘飛機的時候，深受時差之苦，因為生物都有生理時鐘。動植物的周期，完全配合大自然時間的劃分，即日夜和四季。"

　　* day and … seasons 作 the natural … time 的同位語。

　　　　lag〔læg〕*n.* 延遲；落後　　*jet lag* 時差

1.（B）(A) derive from 起源於　　　　　(B) *suffer from* ～　受～之苦
　　　　 (C) come from 來自　　　　　　(D) recover 恢復

2.（C）biological clock 生物時鐘
　　　　(A) political 政治的　　　　　　(B) psychological 心理學的
　　　　(C) *biological* 生物的　　　　　(D) biographical 傳記的

3.（A）(A) *in rhythm with* ～　配合～的周期
　　　　(B) in touch with ～　與～保持連繫
　　　　(C) in love with ～　與～相愛　　(D) 無此片語

At sunrise, plants open their leaves **and** begin producing food. *At*
night, they rest. *In the temperate zones of the earth*, trees lose their
₄
leaves in fall **as the days grow shorter**, **and there is less sunlight**. *In the*
₅
spring, leaves and flowers begin growing again **as** *the days lengthen*.
₆

　　"日出的時候，植物綻開葉片，開始製造食物，到了晚上就休息。在地球上的溫帶地區，樹木在秋季白天變短、陽光減少時落葉。到了春天，因為白日加長，樹葉花朵又開始生長。"

　　　　the temperate zone 溫帶

4.（ A ） 爲了與前句 At sunrise（在日出時），形成對照，選答案(A) At night 在晚上。(B) At dawn 在黎明，(C) At dusk 在黃昏，(D) At day 在白天，句意均不合。

5.（ D ） 根據句意，選(D) as 在～的時候，表示時間，(A) unless 除非，(B) so that 所以，(C) though 雖然，句意均不合。

6.（ D ） 在春天，白日加長，故選(D) lengthen 延長，與前一句的 grow shorter （變短）形成對比。

Rain sets the rhythm of desert plants. Plants *in the desert* may appear dead *for months or even years*, **but when** it begins to rain, the plants seem to come to life *overnight*. The leaves turn green, *and* flowers appear. The plants produce seeds *quickly*, **before** *the rain stops.* These seeds may lie on the ground *for years* **before** *the rain starts the cycle of growth again.*

（劃線標註數字：7 標於 may；8 標於 but when；9 標於 come to life；10 標於 lie）

"降雨調節沙漠植物的周期性。沙漠植物可能好幾個月，甚至好幾年，都了無生氣，可是只要開始下雨，植物似乎在一夜之間就復甦了，樹葉變綠，花兒也開了。植物在雨停之前，快速地生產種子，這些種子在下一次降雨帶來另一個生長期之前，可能在土壤表面躺上好幾年。"

> rhythm〔ˈrɪðəm〕*n.* 周期性　　desert〔ˈdɛzɚt〕*n.* 沙漠
> overnight〔ˈovɚˈnaɪt〕*adv.* 一夜之間　　cycle〔ˈsaɪkl̩〕*n.* 周期

7.（ C ） 根據句意，沙漠植物「可能」在很長的一段時間內，都了無生氣，所以選(C)may, 表示可能性。

8.（ B ） 沙漠植物在下雨前後，情況完全不同，故選(B) but,表示前後的句意形成對比。(A) so 所以，(C) accordingly 所以，(D) hence 所以，在此不合。

9.（ C ） (A) come to an end 結束　　(B) come to oneself 恢復知覺
(C) **come to life** 復甦　　(D) come to terms 達成協議

10.（ A ） lie 躺在；置於，由於整段文章都是由現在式寫作，表示不變的事實，所以動詞只能用原形表現在式，(B)(C)(D)均錯誤。

Test 19 詳解

Stinking buses, *their passengers pale and tired*, jam the crowded
₁ streets. Drivers shout at <u>one another</u> *and* honk their horns. Smog smarts
the eyes *and* chokes the senses. The scene is Athens *at rush hour*. The
city of Plato and Pericles is in sorry state of affairs, *built without a
plan, lacking even adequate sewerage facilities,* <u>hemmed in</u> *by mountains
and the sea, its 135 square miles crammed with 3.7 million people. Even*
Athens' ruins are in ruin: sulfur dioxide <u>eats away</u> *at the marble
of the Parthenon* **and** *other treasures on the Acropolis.*

　"發惡臭的公車塞滿擁擠的街道，裏面的乘客臉色蒼白又疲倦。司機相互大叫，
亂鳴喇叭。煙霧刺痛眼睛，使感覺窒息。在交通尖峰時間的雅典情況正是如此。這
個柏拉圖和培里克斯居住過的城市情況很糟，建造時沒有計畫，甚至缺乏足夠的下
水道設備，四周被群山和海洋環繞，一百三十五平方英里的面積擠著三百七十萬的
人口。甚至雅典的遺跡也成了廢墟：二氧化硫侵蝕了巴特農神殿的大理石，以及衞
城上的其他寶藏。"

*　…, its 135 square miles crammed with …是個獨立分詞構句，是由對
　等子句 and its 135 square miles are crammed with …簡化而來。

> stinking〔'stɪŋkɪŋ〕*adj.* 發惡臭的　　jam〔dʒæm〕*vt.* 塞滿
> honk〔hɔŋk, hɑŋk〕*vt.* 按 (汽車喇叭)　　smog〔smɑg〕*n.* 煙霧
> smart〔smɑrt〕*vt.* 刺痛　　choke〔tʃok〕*vt.* 使窒息
> Athens〔'æθənz〕*n.* 雅典 (希臘首都)
> adequate〔'ædəkwɪt〕*adj.* 足夠的
> sewerage〔'sjuərɪdʒ, 'suər-〕*n.* 下水道設備
> facility〔fə'sɪlətɪ〕*n.* 設備 (常用複數)　　hem〔hɛm〕*vt.* 包圍

square 〔skwɛr〕 *adj.* 平方的   ruin 〔'ruɪn, 'rɪuɪn〕 *n.* 遺跡;廢墟

sulfur 〔'sʌlfɚ〕 *n.* 〔化〕硫磺   sulfur dioxide 二氧化硫

marble 〔'marbḷ〕 *n.* 大理石

Parthenon 〔'parθə,nan, -nən〕 *n.* 巴特農神殿

Acropolis 〔ə'krapəlɪs〕 *n.* （雅典的）衞城（ Parthenon 神殿所在地，古代希臘藝術集粹之地）

1. (**A**) their passengers (*being*) pale and tired 是個獨立分詞構句，由 and their passengers are pale and tired 簡化而來，而分詞是 being，所以可省略。

2. (**C**) *one another* 相互，通常用於三者或三者以上。
   (A) another one 另一個，(B) the others 他人，(D) each one 每一個，都不合句意。

3. (**C**) (A) at heart 在心底
   (B) in the small hours 在三更半夜
   (C) *at rush hour* 在交通尖峰時間
   (D) 應改成 at peak hours 在繁忙時間（可用來指任何事,不一定是交通）

4. (**A**) hemmed in by … sea 和 built … plan, lacking … facilities 共用 The city … *is* a … affairs 中的動詞 *is*。(B) 應改爲 surrounded，
   (C) circumscribe 限制,應去掉 and is,(D) circle 環繞,應去掉 *being*。

5. (**B**) (A) rot 敗壞   (B) *eat away* 侵蝕
   (C) cut off 中斷   (D) send out 派遣

Test **20** 詳 解

　　The following words come from the sacred book of the Hindus, "Bear shame and glory *with an equal peace and an ever tranquil heart.*"

　　You are a combination *of happiness and unhappiness, success and failure, joy and grief, compassion and resentment.*

　　" 以下的話錄自印度教的聖書——「以同樣冷靜和平穩的心情，來承受羞辱和榮耀。」

　　你是快樂與不幸、成功和失敗、喜樂和悲傷、同情和憤恨的組合體。"

　　　　sacred〔'sekrɪd〕*adj.* 神聖的　　Hindu〔'hɪndu, 'hɪn'du〕*n.* 印度教教徒
　　　　tranquil〔'trænkwɪl, 'træŋ-〕*adj.* 平穩的；平靜的
　　　　compassion〔kəm'pæʃən〕*n.* 同情
　　　　resentment〔rɪ'zɛntmənt〕*n.* 憤恨

　　That is to say, you are a combination *of the creative forces within you that will make you ten feet tall and the _destructive_ forces within you that will make you ten inches small.* **And** creative living proves **that** every day conuts. Every day is a complete lifetime **that** must be lived _to the fullest._ Can you live your life *to the utmost extent every day* **if** disappointments *make you walk away from yourself,* **or** *make you walk into a dungeon of your own choosing*?

　　" 也就是說，你是自己內心中的創造力和破壞力的組合體，那股創造力會使你有十呎高，而那股破壞力會使你只有十吋小。有創造力的生活證明每一天都有價值。每一天都是完整一生，必須盡情地去過。如果失望輕易地就戰勝你，或使你走入自己選擇的地牢中，你還能每天盡情地過日子嗎？"

utmost〔'ʌt,most〕*adj.* 極度的   dungeon〔'dʌndʒən〕*n.* 地牢

1. (D) (A) first of all 首先
       (B) 須改爲 in other words 換句話說
       (C) on the contrary 相反地
       (D) *that is to say*（＝ in other words）也就是說

2. (C) (A) reasonable 合理的   (B) constructive 建設性的
       (C) *destructive* 破壞的   (D) instructive 教育的

3. (A) (A) *count* 有價值   (B) occur 發生
       (C) account 解釋   (D) work 工作

4. (C) (A) to no purpose 毫無效果
       (B) castle in the air 空中樓閣
       (C) *to the fullest* 盡情地
       (D) of no avail 毫無用處

5. (B) *of one's own ＋ V-ing* 自己～的
       (D) 應改成 of your own choice（*or* choosing）

The business of creative living is to keep calm *in times of adversity*,
6
and doubly calm *when good fortune smiles upon you.* Of course, love and
hate defy the rules of philosophy, *but* neither one should make you less
7
than what you are. You are small *if you yield to hate,* *and* you are just
as small *if you yield to love of self.* You stand on the foundation *of your*
8
true worth if you are able to stand up under stress as well as success.
9   10

　"有創造力的生活，就是要在逆境中保持冷靜，而且當好運向你微笑時，更要
加倍冷靜。當然，愛和恨有違哲學的規則，但是，這兩者都不應該影響你的人格。
如果你向怨恨屈服，你就會變得卑劣；如果你向自私屈服，你也一樣卑劣。如果你
能在壓迫和成功之下挺立，你就嚴守了自己眞正價值的根基。"

business〔'bɪznɪs〕*n.* 事　　doubly〔'dʌblɪ〕*adv.* 加倍地
fortune〔'fɔrtʃən〕*n.* 運氣；財富　defy〔dɪ'faɪ〕*vt.* 違抗
yield to 屈服於　　self〔sɛlf〕*n.* 私欲；自我
foundation〔faʊn'deʃən〕*n.* 根基　　stress〔strɛs〕*n.* 壓迫

6.（ B ）　(A) at the mercy of fate　在命運的掌握中
　　　　　(B) ***in times of adversity***　在逆境時
　　　　　(C) when in prosperity　在成功時
　　　　　(D) in the absence of a crisis　缺少危機

7.（ C ）　由下一句句意可知，本題應選(C) neither one（兩者都不）。(A) both 和
　　　　　two 的意思重複，(B) either 指「兩者中任一」，(D) none 用於「三者以上
　　　　　無一」，在此都不合。

8.（ B ）　and 是對等連接詞，其前後所連接的意思要一致，前面提到 You are
　　　　　small if⋯，所以應選(B) as small 一樣卑劣的,才能前後一致。bigger
　　　　　和(D) so smaller 都是比較級，在此不合，(C) as big 一樣重要的，句意不
　　　　　對。

9.（ D ）　(A) unless　除非　　　　　(B) but that　如果不是因為
　　　　　(C) though　雖然　　　　　(D) ***if***　假如

10.（ A ）　(A) ***as well as***　和～一樣　(B) in spite of　儘管
　　　　　(C) as long as　只要　　　　(D) with regard to　關於

Test 21 詳 解

Representatives *of various government departments* met recently <u>to</u>

<u>discuss</u> the feasibility of establishing a college of foreign languages
   1

to fill the country's increasing need for foreign language experts.

The meeting <u>failed to reach</u> a conclusion. But we believe such a
                        2

college should be established.

「爲了滿足國內對外語專門人才不斷增加的需求，最近政府各部門的代表，聚會討論設立一所外語大學的可行性。雖然這項會議未能達成協議，我們還是相信，應該設立這樣的一所學校。」

* to fill the … experts 是表目的的不定詞片語，修飾動名詞 establishing。

   representative〔͵rɛprɪ'zɛntətɪv〕*n.* 代表

   department〔dɪ'pɑrtmənt〕*n.* 部門　feasibility〔͵fizə'bɪlətɪ〕*n.*可行性

1.（**C**）(A) persuade 說服　　　　　　(B) prevent 避免

　　　　(C) *discuss* 討論　　　　　　(D) argue 爭吵

2.（**B**）*fail to*＋V 未能～, *reach a conclusion* 得到結論。依照句意得知此次會議沒有具體結果，所以不能選(A) succeeded to reach 成功地達成。

The need *for good <u>command</u> of at least one foreign language* is in-
                                3

creasing among the people of this country. The Republic of China has a
   4

foreign trade-oriented economy, *and* tourism is an <u>expanding</u> business.
                                                            5

Given these conditions, ROC citizens should have better foreign language
   6

abilities.

「對中華民國人民來說，精通一種以上外國語言的需求是越來越大了。中華民國的經濟，是以對外貿易爲主，而且觀光事業也不斷地擴張。在這種情況之下，中華民國人民必須具備更好的外語能力。"

orient〔'orɪˌɛnt〕vt. 定方位　　tourism〔'turɪzm〕n. 觀光事業

3.（**A**）(A) **command** 運用自如的能力　　(B) demand 需求
　　　　(C) recommend 推薦　　　　　　　(D) commit 委託

4.（**A**）(A) **increasing** 正在增加的　　(B) increased 被增加了
　　　　(C) to increase 爲了去增加　　　(D) being increased 正在被人增加

5.（**C**）(A) expensive 昂貴的　　　　(B) expressive 表達的
　　　　(C) **expanding** 正在擴張的　　(D) suspending 懸置中的

6.（**B**）此處的 Given these conditions 是由副詞子句 If ROC citizens are given these conditions 簡化而成的分詞構句，修飾後面的主要子句，故選(B)Given。

An independent college *of foreign languages* would be an excellent way to offer the training needed. ***Although*** *all universities in Taiwan have at*
　　　　　　　　　　　　　　　　　　　7　　　　　8
least one foreign language training program, they have nearly all failed to adequately meet the critical need for people *with sufficient foreign langu-*
　　　　　　　　　　　　　　9　　　　　　　　　　10
age competence.

　　"成立一所獨立的外語學院，是提供所需訓練一個很好的方法。雖然台灣的每一所大學，至少都有一種外語訓練課程，卻依舊不能充份滿足，精通外語人員的急迫需求。"

adequately〔'ædəkwɪtlɪ〕adv. 充份地　sufficient〔sə'fɪʃənt〕adj. 足夠的
competence〔'kɑmpətəns〕n. 能力

7.（**B**）此處的 needed 是由 which is needed 簡化過來的，用來修飾前面的 training。

8.（**D**）(A) Because 因爲　　　　(B) If 如果
　　　　(C) When 當～時候　　　(D) ***Although*** 雖然

9.（**D**）(A) legal 合法的　　　　(B) overrunning 猖獗的
　　　　(C) profound 淵博的　　　(D) ***critical*** 緊急的

10.（**B**）(A) of ～ ～的　　　　(B) ***with*** 具備
　　　　(C) for 爲了　　　　　(D) by 藉著

Test 22 詳 解

Jane Addams, a member of a well-to-do, <u>cultured</u> family, was **so** dis-
₁
tressed about the <u>misery</u> of the poor **that** she left home to spend her
₂
life in the slums of Chicago. *In 1889* she established a "settlement house"
there, *called Hull House,* **where** *she* <u>initiated</u> *many humanitarian projects.*
        ₃   ₄

「珍・亞當斯出身富裕、有修養之家，她對窮人的不幸感到非常難過，所以她
離家到芝加哥的貧民區去生活。一八八九年，她在那裏創立「社會福利之家」，名
爲「赫爾館」，她就在那裏發起許多慈善計畫。」

* where she … projects 是補述用法的子句，補充說明 Hull House。

> well-to-do〔'wɛltə'du〕*adj.* 富裕的　distressed〔dɪ'strɛst〕*adj.*難過的
> slum〔slʌm〕*n.* 貧民區　　settlement house　社會福利之家
> humanitarian〔hju,mænə'tɛrɪən〕*adj.* 慈善的；人道主義的

1.（**B**）(A) tempered　溫和的　　　(B) **cultured**　有修養的
　　　　　(C) adopted　採用的　　　　(D) promoted　被提倡的

2.（**A**）(A) **misery**　不幸　　　　　(B) expectation　期望
　　　　　(C) measure　措施　　　　　(D) employment　雇用

3.（**D**）called Hull House 是由補述用法的形容詞子句 which was called Hull
　　　　　House 簡化而來，補充說明 " settlement house "。

4.（**C**）(A) increase　增加　　　　　(B) pronounce　發音
　　　　　(C) **initiate**〔ɪ'nɪʃɪ,et〕*vt.* 發起　(D) move　移動

<u>Among</u> these were hot-lunch service *for factory workers,* day-care centers
₅
for little children, free classes *for young people and for adults,* a gymna-
sium, **and** an art gallery. Immigrants and other poor people came to Jane
Addams' Hull House *to get advice and help,* **as well as** *to learn and … fun.*
₆

"其中有：供應工廠工人熱騰騰的中餐、照顧幼孩的托兒所、爲年輕人和成年人設計的免費課程、體育館和藝術館。移民和其他窮人都會到珍‧亞當斯的赫爾館來要求建議和幫助，並可獲得學習和娛樂的機會。"

day-care center 托兒所　gymnasium〔dʒɪm'nezɪəm〕*n.* 體育館

5.（ **C** ）(A) From 從 (B)Without 沒有 (C)*Among* 在～之中 (D)Within 在～的範圍內
本句是個倒裝句型，爲了使動詞和主詞接近，所以將補語放在句首(詳見文法寶典p.636)，原句爲Hot-lunch service … an art gallery were *among these*.

6.（ **D** ）*as well as* 和。(A) in addition to（除～外）之後應接（動）名詞；(B)應是moreover, (C)應是furthermore, 但這兩者只能連接句子。

This remarkable woman also <u>was devoted to</u> a number of other causes.

　　　　　　　　　　　　　　　　　　7

She was active <u>in</u> fighting against the use of child labor ***and*** against war;

　　　　　　　　8

she worked for woman's suffrage ***and*** for improving the <u>situation</u> *of the*

　　　　　　　　　　　　　　　　　　　　　9

blacks; ***and*** she helped to establish playgrounds ***and*** public parks ***and***

initiated country vacation programs for poor city children.

In <u>recognition</u> of her contributions to society, Jane Addams was a-

　　　—10——

warded the Nobel peace prize *in 1931*.

　"這位了不起的婦女也獻身於其他的運動。她積極反對使用童工及戰爭；她努力爭取婦女參政權，改善黑人的境遇；她還促使遊樂場和大衆公園的設立，並發起城市貧窮兒童的鄉村假期計畫。

　爲了表揚珍‧亞當斯對社會的貢獻，她在一九三一年獲頒諾貝爾和平獎。"

remarkable〔rɪ'mɑrkəb!〕*adj.* 了不起的
cause〔kɔz〕*n.*（衆人關切而支持的）運動　child labor 童工
suffrage〔'sʌfrɪdʒ〕*n.* 參政權　playground〔'ple‚graund〕*n.* 遊樂場
contribution〔‚kɑntrə'bjuʃən〕*n.* 貢獻　award〔ə'wɔrd〕*vt.* 頒發

7.（ **A** ）*be devoted to = devote oneself to* 獻身於

8.（ **A** ）用 in 表「在～方面」之意。

9.（ **D** ）(A) crisis 危機　　　　　　　(B) pledge 誓言
　　　　　(C) sympathy 同情　　　　　(D) *situation* 境遇

10.（ **C** ）*in recognition of* 爲了表揚，(A) service 服務，(B) objection 反對，(D) election 選舉，都不合。

Test 23 詳 解

Movie star Barbara Streisand has earned $\overbrace{\underline{by\ acting}}$ nearly US$100 million
　　　　　　　　　　　　　　　　　　　　1
during her life, ***but*** Soviet leader Mikhail Gorbachev makes a more modest

salary of $18,700 a year, <u>said</u> PEOPLE magazine last Monday.
　　　　　　　　　　　　2

　　"上星期一「人物」雜誌報導，電影名星芭芭拉·史翠珊，在一生的演藝生涯
中，大概已經賺進一億美元，可是蘇俄領袖米開爾·戈巴契夫的薪水卻微薄得多，
年薪只有一萬八千七百元。"

　　　　　modest〔′mɑdɪst〕*adj.* 微薄的；不太多的

1.(**C**) by＋Ving 表示「方法」。(A) on 在～上頭，(B) with 和，(D) 在～地方，句意均不合。

2.(**B**) 報章、雜誌上「說」用 say，而人物雜誌已經報導過，所以選(B) said。

<u>The one</u> is a typical capitalistic salary ***and*** the other seems to have a
　　　3
long way to climb high on the cash parade. ***As big names earn big bucks,***

we can not resist <u>asking</u> ***when*** Gorbachev's salary will be <u>raised</u> as high
　　　　　　　　　　4　　　　　　　　　　　　　　　　　　　　5
as Streisand's?

" 前者是典型資本主義的收入，而後者在金錢的階梯上，還有一段很長的路要走。
照理說名聲響亮，收入也會跟著不凡起來，所以我們忍不住要問，什麼時候戈巴契
夫的薪資，才能比得上史翠珊？"

　　　　　capitalistic〔‚kæpɪtə′lɪstɪk〕*adj.* 資本主義的
　　　　　parade〔pə′red〕*n.* 行列；展示

3.(**D**) ***one …the other*** ～(二者中)一個…，另一個～。此處 The one ＝ Barbara
　　　　　Streisand's salary, the other＝Mikhail Gorbachev's salary, 兩者形成對
　　　　　照。選(C) the former, 必須把 the other 改成 the latter 才對。

4.(**C**) resist 當「忍住」講，是及物動詞，後面接名詞，或動名詞，故選(C) asking。

5.(**A**) (A) ***raise*** 增加；提升　　　　　　(B) arise 發生
　　　　　(C) rise 上升 (不及物動詞)　　　(D) arouse 喚醒

Test 24 詳解

There is a surprising old bell tower in Pisa, Italy. It is different
from any tower in the world. This tower leans *so* far over *that it looks
like it will fall down.* *But* the tower was built about seven hundred
years ago. It hasn't fallen yet.

　　" 在義大利比薩，有座令人嘖嘖稱奇的老鐘塔，它跟世界上任何鐘塔都不一樣。
這座塔傾斜得很厲害，看起來就像快倒了似的。可是這座塔在七百年前就蓋好了，
至今尚未倒塌。"

　　　　tower〔'tauɚ〕*n.* 塔；鐘塔　　　lean〔lin〕*vi.* 傾斜

1.(**D**)　*surprising* 令人驚奇的，修飾 bell tower。(A) surprisal (*n.*)驚奇，(B)
　　　 surprise (*v.*)使驚奇,(C) surprised (*adj.*)感到吃驚的，句意皆不符。

2.(**B**)　選(C) hasn't fallen,用現在完成式，表示從過去至今的經驗。

Before the tower was built, the townspeople saved their money for
many years. *Finally*, the building was started. The tower was built *of
beautiful, white marble.* It took almost two hundred years *to build the tower.*

　　" 在鐘塔建造之前，鎮民就存了好幾年的錢。最後，終於開始建造了。這座鐘
塔是由很美的白色大理石建造的，幾乎花了兩百年的時間，才完成這項工程。"

　　　　townspeople〔'taunz,pipḷ〕*n.* 鎮民　　marble〔'marbḷ〕*n.* 大理石

3.(**A**)　(A) *save* 存（錢）　　　　　　(B) put up 舉起
　　　　(C) lay off 停止　　　　　　　(D) part with 放棄

4.(**C**)　*build* A *of* B（→A be built *of* B）用B建造A，故選(C) of。

5.(**A**)　*It* + *takes* + (sb.) +時間+ to +原形動詞，所以如果表示花時間，而主
　　　　詞又是 It 時，動詞用 take。(B)人 + spend +時間 + (in) +Ving，(C)sth. +
　　　　cost + (sb.) +時間，(D)waste 浪費，句意不合。

But there was something *about the ground under the tower that the*
builders didn't know. Part *of the ground that the tower was built over*
was soft. The part of the tower under the soft ground began to sink.
The tower leaned to its side instead of standing straight up and down *as*
other buildings do.

「但是，建造者對塔下的土壤有所不知。鐘塔下有部份土壤很鬆軟，所以蓋在軟土部份的鐘塔開始下沈。鐘塔向一旁傾斜，而非像其他建築物一樣，直挺挺地站立著。」

up and down 上下地

6.（**B**） something 用在肯定句中，anything 用在肯定、疑問和條件句中，本文用的是肯定句，故選(B) something。(C) nothing 沒有任何一件事，句意不合。若選(D)用many things 與單數型動詞was 不合。

7.（**A**） 本句的主詞是 Part，第七題需填入一個動詞，所以(B) being 分詞，(D) to be 不定詞，皆不符。又文中是在敍述過去的事，故不用(C) has been，而選(A) was。

8.（**C**） (A) drift 漂流　　　　　　　(B) float 漂浮
　　　　(C) **sink** 下沈　　　　　　　(D) rise 上升

9.（**D**） (A) as a result of 因為　　　(B)（be）capable of 能夠
　　　　(C) in care of 由～轉交　　　(D) **instead of** 而非

10.（**D**） 此處需要一個從屬連接詞，引導副詞子句 other buildings do 修飾動名詞 standing，所以(B) which (C) what 是關係代名詞，都不合。(A) that 可引導表結果的副詞子句，必須與 such 或 so 連用，句意、文法都不對。所以選(D) **as** 正如。

Test 25 詳 解

When he was twenty-four, Harold Tinker sailed off to Europe where
1
he planned to establish his career in photography. He visited cathedrals
and museums and castles; he went to dinner parties, tennis parties, all
kinds of parties. He had *such* wonderful adventures *that* he had *no time*
2
for photography.

　"哈洛·提克在二十五歲時，就坐船到歐洲去，計畫在那裏開始他的攝影生涯。
他四處造訪大教堂、博物館和城堡，他參加晚宴、打網球及加入各式各樣的宴會。
他享受美妙的經歷，以至於根本無暇攝影。"

> career [kəˋrɪr] *n.* 生涯　　photography [fəˋtɑgrəfɪ] *n.* 攝影
> cathedral [kəˋθidrəl] *n.* 大教堂　　castle [ˋkæs!] *n.* 城堡
> adventure [ədˋvɛntʃɚ] *n.* 奇遇；奇異的經歷

1. (B)　where he planned to … photography 是一個形容詞子句，修飾 Europe，
因為先行詞 Europe 是一個地方，故選(B) where。

2. (A)　such + (a) + 形容詞 + 名詞 + that … 「如此～以至於…」，為配合 that
子句，選(A) such。

After two years of adventure, the money *he had inherited from his*
aunt had disappeared *and* he was forced to take photography seriously.
He went back to the cathedrals and the castles *with a new eye and new*
3
determination; the resulting collection of photography was published under
the title The Eye and the Spirit: Cathedrals and Castles of Western Europe.

Still in need of money, Tinker <u>turned his attention to</u> the photography of
       4   5
people.

　"在兩年奇妙的經歷之後，他從姑媽那裏繼承的財產，也花得一乾二淨，所以
他不得不對攝影開始認眞起來。他以一種新的眼光與決心，再次造訪那些敎堂與城
堡，結果，他出版一本攝影集，書名叫「眼與精神：西歐的敎堂與城堡」。可是他
手頭依然很緊，便把注意力轉向人物攝影這方面來。"

　＊ Still in need of money 是由表原因的副詞子句 Because he was still in
　　 …money 簡化而成的分詞構句。

　　　　inherit〔ɪnˈhɛrɪt〕*vt*. 繼承　　　resulting〔rɪˈzʌltɪŋ〕*adj*. 因此而來的
　　　　in need of 需要

3.（ D ）　*take ～ seriously* 認眞考慮～
　　　　(A) take ～ for granted　認爲～是理所當然
　　　　(B) take ～ as true　認爲～是眞的，無(C)的用法。

4.（ C ）　*be in need of* 需要

5.（ B ）　*turn attention to* 將注意力轉至～
　　　　(A) attract attention 吸引注意力　(C) pay attention to 注意～
　　　　(D) arrest attention toward　引起對～注意力，句意均不合。

Test 26 詳解

Today I came home to find your card and generous check. Was I surprised! I <u>have been saving</u> to buy a new guitar; your check <u>puts</u> my way
               1   2
ahead on this. I will start browsing through music stores this weekend.

　　「今天我回家之後，發現你留下的卡片與爲數不少的支票，這眞是令我驚訝萬分！我一直存錢，想買一把新的吉他，你的支票讓我進度超前不少。我這個周末就開始逛樂器行。」

　　＊ Was I surprised！語氣比 I was surprised！更強，常跟感歎詞連用，如：
　　　Boy, was I surprised！或 Gosh, was I surprised！

　　　browse〔brauz〕*vi.* 瀏覽

1.（ D ）　選(D) have been saving，用現在完成進行式，強調存錢這個動作，從過去開始一直持續到現在。

2.（ B ）　put ～ ahead 讓～超前，無(A)(C)(D)用法。

I am glad to <u>go shopping</u> for my birthday gift this year. I'm sorry to
                      3
hear ***that** shopping and other trips have become more difficult for you.* You are
right to stay in *during the icy weather.* I'll talk to you soon. I want to find
                              4
out <u>how you are</u> — ***and*** to report my progress with the guitar！
      5

　　「我很高興今年可以自己選購生日禮物。聽說你現在想採購或是旅行，比以往更困難，我感到很難過。在這種寒冷的天氣裏，你待在家裏是對的。我稍後會再跟你聊，我想知道你好不好——順便也報告一下我學吉他的進度。」

　　　stay in 待在家裏；不出門　　　icy〔'aɪsɪ〕*adj.* 冰冷的

3.（ D ）　***go shopping*** 採購 (A)(C)應改成 to go shopping(B)應改成 to do *my* shopping。

4.（ B ）　climate「氣候」，指的是長期天氣的平均狀況（如溫帶氣候），weather 才是每日的天氣，但(D) frosted weather 表示被霜凍的天氣，無如此說法。若要表達下霜了，應該說 It frosted. 故選(B) icy weather 寒冷的天氣。

5.（ C ）　How＋be V.＋人？問某人「健康」如何，但是在此 how are you 是名詞子句，作 find out 的受詞，疑問句作名詞子句時，要改成敍述句（即主詞＋動詞）的形式，故選(C) how you are。

Test 27 詳 解

One *of the poignant trends of U.S. life* is the gradual devaluation of older people. The young largely ignore the old *or* treat them *with a kind of totalitarian cruelty.* It is *as though* the aged *were an alien race to which the young never belong.* It is not just cruelty and indifference *that* cause such ageism.

"美國生活一個很強烈的**趨勢**,就是老年人越來越不受重視。年輕人若不是根本忽略老年人的存在,要不然就是以一種近似極權主義的殘忍,來對待他們。老年人就好像是外國人一樣,年輕人絕對跟他們井水不犯河水。造成這種年齡歧視的原因,不僅是殘忍,還有漠不關心的因素在內。"

poignant〔'pɔɪgnənt〕*adj.* 強烈的　　trend〔trɛnd〕*n.* 趨勢
devaluation〔diˌvæljʊ'eʃən〕*n.* 貶值　ignore〔ɪg'nor〕*vt.* 忽視
totalitarian〔toˌtælə'tɛrɪən〕*adj.* 極權主義的　alien〔'eljən〕*adj.* 外國的
cruelty〔'krʊəltɪ〕*n.* 殘忍　indifference〔ɪn'dɪfərəns〕*n.* 漠不關心
ageism〔'edʒˌɪzm̩〕*n.* 年齡歧視　　race〔res〕*n.* 類

1. (**C**) as though（好像）要引導一個**假設法**的子句,表示與事實相反,這裏把老年人比喩成 an alien race（外國人）,其實老年人並不是,所以 be 動詞用 were,表示與現在事實相反,只是打一個比方而已。答案(B)少了冠詞,而且 alienated 是「被疏遠的」,老年人本來就是被疏遠的一群,不必用假設法。(D) alienating「正在疏遠的」,句意不對。

2. (**C**) 此句的 that cause such ageism 是一個形容詞子句,修飾 cruelty 和 indifference。(A) difference「差別」,句意不合。

It is also the nature of modern Western culture. *In some societies,* the past of the adults is the future of each new generation, *and therefore* is taught and respected. *Thus,* primitive families stay together and cherish

their <u>elders</u>. ***But*** *in modern U. S.*, the generations live apart, ***and*** social
　　　　　3
changes are *so* rapid ***that*** *to learn about the past is considered unsuitable.*
"這也是現代西方文化的本質。在某些社會當中，成年人所經歷的過往，就是新生
代的未來，因此會教小孩學習這個過程，也會尊重這段過往。因此，早期的家庭都
是同聚一堂，而且很尊重長者。但是今天在美國，不同代的人不住在一起，而且社
會改變快速，以至於人們認為根本不必學習歷史。"

　　　　　adult〔ə'dʌlt〕*n.* 成人　　　primitive〔'prɪmətɪv〕*adj.* 早期的;原始的
　　　　　unsuitable〔ʌn'sjutəbl̩〕*adj.* 不適當的

3.(**C**)　(A) older 是比較級形容詞，不能當名詞用。(B) elderly 年長的，(C) ***elder***
　　　年長者，(D) old 年老的。

In this situation, *new in history*, the aged <u>are a strangely isolated</u> genera-
　　　　　　　　　　　　　　　　　　　　　　　　4
tion, *the carriers of a dying culture*. *Ironically*, millions *of these shunted-*
　　　　　　　　　　　　　　　5
aside old people are remarkably able : medicine has kept them young at
the same time |***that*** *technology has made them* <u>*out of date*</u>|.
　　　　　　　　　　　　　　　　　　　　　　　6
" 在這種情況之下（這在歷史上是前所未見的），老年人變成莫名其妙被孤立的一
群人，也是一個垂死文化的媒介。諷刺的是，數以百萬這種被擱置一旁的老人，卻
非常能幹：藥物保持他們的青春，同時科技卻使他們過時。"

　　*　new in history 是由補敘用法的形容詞子句 which is new in history 簡化而
　　　來的，對 new situation 加以補充說明。the carriers of a dying culture
　　　是 a strangely isolated generation 的同位語。that（或 when）technology
　　　has made them out of date,是形容詞子句,修飾 time，在口語中，可用
　　　that 代替 when。

4.(**A**)　the + adj. 可變成名詞,如：the rich = rich people, the aged = aged
　　　people,所以(B)(D)動詞用 is,錯誤。isolated 是「被孤立的」,要用副詞修
　　　飾，故選(A) are a strangely isolated。

5.(**B**)　(A) dyeing 染色(法)　(B) dying 垂死的　(C) dead 已經死的　(D) deadly 致命的

6.(**C**)　***out of date*** 過時的。(B) to date 至今　(D) up to date 最新的，沒有答
　　　案(A)的用法。

Test 28 詳 解

Every four years, <u>amateur</u> athletes *from nations throughout the world*
compete in a sports show *called the Olympic Games.* No sports spectacle
has a background *so historic or thrilling.*

"每四年，來自世界各國的運動員，都會參加一個叫奧林匹克的運動大會
相互比賽較量。沒有任何一項運動景觀，比它更具歷史性，或更令人興奮。"

* called the Olympic Games 是由形容詞子句which is called the Olympic
  Games 簡化過來的，修飾 sports show。

  so historic or thrilling 是由形容詞子句which is so historic or thrilling
  簡化而成，修飾 background。

  athlete〔'æθlɪt〕*n.* 運動員　　spectacle〔'spɛktəkl〕*n.* 景觀
  background〔'bæk‚graʊd〕*n.* 情形
  historic〔hɪs'tɔrɪk〕*adj.* 有歷史性的　thrilling〔'θrɪlɪŋ〕*adj.* 令人興奮的

1.（**A**）　*amateur* 業餘的，(B)(C)(D)拼法錯誤。

Flags flutter from the top of a <u>crowd-filled</u> stadium. A swift run-
ners carries a blazing torch into the arena *to light the Olympic flame.*
The athletes parade behind their national flags. They pledge to obey the
rules of sportsmanship.

"旗幟在擠滿群衆的運動場上飄揚著。一位健步如飛的跑者，拿著熾熱的火把
進競技場，點燃奧林匹克之火。運動員在本國國旗後頭列隊前進。他們宣誓遵循運
動員精神的守則。"

　　flutter〔'flʌtɚ〕*vi.*（旗子）飄動　stadium〔'stedɪəm〕*n.* 運動場
　　swift〔swɪft〕*adj.* 快速的　　blazing〔'blezɪŋ〕*adj.* 熾熱的
　　torch〔tɔrtʃ〕*n.* 火把　　arena〔ə'rinə〕*n.* 競技場

parade〔pə'red〕*vi.* 列隊行進　　pledge〔plɛdʒ〕*v.* 宣誓
sportsmanship〔'sportsmən,ʃɪp〕*n.* 運動精神

2.（**C**）a crowd-filled stadium＝a stadium（which is）filled by crowd, 答案(A)(B)(D)均錯誤。

3.（**D**）(A) lighten　使變亮　　　　　(B) lit 是 light 的過去式
　　　　(C) enlighten　啓蒙　　　　　(D) ***light*** 點燃（火焰）

Oympic events are divided into Summer and Winter games. The official flag of the Olympic Games is white. *At its center* <u>are</u> five interlocking rings *of blue, yellow, black, green and red*. The official motto is Citius, Altius, Fortius, ***which means*** *Swifter, Higher, Stronger*.

"奧林匹克競賽的項目分爲夏季和多季的比賽。奧林匹克運動會正式的旗幟是白色的，中間有五個相互連接的圓環，分別是藍、黃、黑、綠、紅五個顏色。正式的座右銘是 Citus, Altius, Fortius, 即更快、更高、更強。"

　* At its center are five interlocking … red. 是一個倒裝的句子，副詞片語（At its center）放在句首時，主詞與動詞須倒裝。

　　event〔ɪ'vɛnt〕*n.* 競賽項目　　official〔ə'fɪʃəl〕*adj.* 正式的;官方的
　　interlocking〔,ɪntə'lɑkɪŋ〕*adj.* 連接的　motto〔'mɑto〕*n.* 座右銘

4.（**A**）依文法分析，本題的主詞是 five interlocking rings，所以動詞用(A) are。

5.（**C**）本題需要一個關係代名詞，引導形容詞子句，補充說明前面提到的 official motto（Citius, Altius, Forius），故選(C)。(D) motto 是單數形，mean 應加 s。(A)(B)少連接詞 and。

Test 29 詳 解

Pollution is **neither** a new **nor** a man-made process. It has been said
that *man is by his very nature a polluter*, **but** this is not necessarily true.
　　　　　　　1　　　　　　　　　　　　　　　　　　　　　　　　2
So long as *human numbers were small*, **and** *populations dispersed and were con-
stantly moving*, nature was fully capable of turning human waste products
　　　　　　　　　　　　　　　　　　　　　　3
practically harmless.

　　"污染不是最近才有,或是一個人為的過程。人們都說人類天生就是一個污染
者,但是這未必是正確的。只要人口數不大,而且人口分散,並且不斷地遷移,大
自然就有充份的能力,可以把人們的廢棄物,轉變成幾乎是無害的東西。"

　　　　so long as 只要　　disperse〔dɪˈspɝs〕*vi.* 分散
　　　　practically〔ˈpræktɪkəlɪ〕*adv.* 幾乎

1.（**B**）　**by nature** 天生地,沒有(A)(C)(D)的用法。

2.（**D**）　**not necessarily** 未必

3.（**D**）　**be capable of** + Ving = **be able to** + V 能夠;有能力,故選(D)。(A)改成
　　　　　able to turn,(B)改成 capable of turning,(C)改成 able to turn。

*Only when populations increased and people settled for long periods in limited
areas* did man-made pollution begin. *For example,* **when** *man began using fire*
　　　　　　　　　　　　　　　　　　4
on a large scale he substantially helped to bring about air pollution.
　　　　　　　　　　　　　　　　　　　　　5
"只有在人口增加,人們長期居住在有限的地區時,才會產生人為的污染。例如,
當人們大規模地使用火時,實際上就促成空氣污染。"

　　　　on a large scale 大規模地　　substantially〔səbˈstænʃəlɪ〕*adv.* 實際上

4.（**B**）　only +副詞(語)放在句首時,助動詞或 be 動詞要倒裝到主詞前面,所以答
　　　　　案選(B),把助動詞 did 放在主詞 man-made pollution 之前。

5.（**C**）　(A) result from 起因於　(B) intend for 無此用法,除非改成 intend A
　　　　　for B 意圖使A成為B　(C) **bring about** 導致　(D) make out 瞭解。

Test 30 詳解

This week's edition of Newsweek carried a story on Taiwan *which noted a recent attempt by a woman to commit suicide by jumping in the*
1
polluted Tamsui River. She found being in the river a "fate worse than death". Environmental protection is **not** a luxury **but** a necessity *which*
2
has to be ensured now.

　　" 這一期的新聞周刊刊登一則有關台灣的報導，報導上說最近有一位女士，企圖跳進污染的淡水河裏自殺。她卻發現身在河裏，簡直是比死還不如。所以環保並非一件奢侈的事，而是一件必要做的事，現在就得做好。"

edition〔ɪˊdɪʃən〕*n.* 版　　carry〔ˊkærɪ〕*vt.* 刊登
story〔ˊstorɪ〕*n.* 新聞報導　　note〔not〕*vt.* 記載
fate〔fet〕*n.* 命運　　necessity〔nəˊsɛsətɪ〕*n.* 必要的事
ensure〔ɪnˊʃʊr〕*vt.* 確保

1.（**D**）*commit suicide* = *kill oneself* 自殺

2.（**A**）(A) *luxury* 奢侈的事　　(B) shame 可恥的事
　　　　(C) contrast 對照　　　　(D) tradition 傳統

We owe ourselves and our children a healthy future. The nation should
3
carefully consider its long-term priorities **and** ensure **that** *future economic development does not lead to environmental suicide.*
4

　　" 我們對自己和後代子孫都負有一個責任，要創造一個健康的未來。中華民國要很謹慎地考慮長期優先辦的事是那些，並且確保未來的經濟發展，不會導致環境的毀滅。"

long-term〔ˊlɔŋ͵tɝm〕*adj.* 長期的
priority〔praɪˊɔrətɪ〕*n.* 優先辦的事

3.(**A**) *owe sb. sth.* 對某人負有某責任 (B) own 擁有 (C) deny 拒絕 (D) apply 申請，句意不對。

4.(**B**) *lead to = result in = bring about* 導致 (A) stem from 起因於 (C) lie in 在於 (D) result from 起因於

The woman's foiled suicide may be a comic note to the pollution problem.

But as Taiwan continues swimming in its growing environmental morass,
                                                    5
it might realize a bit too late *that pollution is indeed a life-and-death*

*question and a fate **that** may be worse than death.*

"這位女士自殺未遂，只是有關污染問題的一則趣聞而已。但是，由於台灣不斷在越演越烈的污染困境中掙扎著，等它瞭解到污染的確是生死攸關的問題，也是比死還不如的境遇時，已經太晚了。"

> foil 〔fɔɪl〕 *vt.* 阻撓　　comic 〔'kɑmɪk〕 *adj.* 有趣的
>
> morass 〔mə'ræs〕 *n.* 沼澤；困境　life-and-death 生死攸關的

5.(**C**) (A) sinking 下沈的　　　　　(B) declining 逐漸衰微的
　　　　(C) *growing* 逐漸擴大的　　　(D) arising 正在發生的

Test **31** 詳 解

Mary came to the hospital every afternoon, **and** Frank looked forward to her <u>calls</u> restlessly. ***When she entered his room, cool and fresh in*** *her pretty summer clothes*, his mind leaped to <u>meet</u> her.

　　　　　　　　　　　　　　1　　　　　　　　　　　　　2

　　"瑪麗每天下午都會去醫院,而法蘭克簡直是坐立不安地期盼她的來訪。每當瑪麗踏進他的病房,穿著美麗夏裝的她,看起來非常清新,法蘭克的心,因為見到她而雀躍不已。"

　　* cool and fresh in her pretty summer clothes 是由對等子句 and she was cool and fresh in her pretty summer clothes 簡化而成的分詞構句。

　　　look forward to 盼望　　　restlessly〔ˈrɛstlɪslɪ〕*adv.* 坐立不安地
　　　leap〔lip〕*vi.* 跳

1.(**C**) (A) interview 面談　　　　(B) looks 容貌
　　　(C) ***call*** 拜訪　　　　　　 (D) trip 旅行

2.(**B**) (A) face 面對　　　　　　 (B) ***meet*** 遇見;看見
　　　(C) lead 領導　　　　　　　(D) tell 告訴

He could not talk much **because** *his head and face were smothered in*

　　　　　　　　　　　　　　3

surgical cotton, **but** he could look at her **and** breathe in a sweet contentment. *Two weeks later* he was well enough *to sit up half-dressed in*

　　　　　　　　　　　　　　　　　4

a chair and play chess with her.

"法蘭克不能多說話,因為他的頭跟臉,都用外科棉花包住,但是他可以望著瑪麗,沈浸在一種甜美的滿足當中。兩個星期之後,他已經康復到可以披著衣服,坐在椅子上,跟瑪麗下西洋棋。"

smother〔'smʌðɚ〕*vt*. 包住　　surgical〔'sɝdʒɪkḷ〕*adj*. 外科的
contentment〔kən'tɛntmənt〕*n*. 滿足　　***sit up*** 坐直
chess〔tʃɛs〕*n*. 西洋棋

3.（**A**）此處說明法蘭克不能多說話的原因，表原因則選(A) because 因為。

4.（**D**）well 形容一個人「身體」好，例如：He looks *well*. 他看起來很健康。而
good 是形容一個人「個性」好，例如：How *good* of you! 你人眞好！。
所以不能選(A) good，或(B) good enough，句意不符。答案(C) well，則表示
法蘭克完全康復了，句意也不對，故選(D) well enough，enough to ～「足
夠去（做）～」，表示程度。

One afternoon they were by the west window in the sitting-room <u>with</u>
　　　　　　　　　　　　　　　　　　　　　　　　　　　　　　　　　　　5

the chess-board between them, ***and*** Frank had to admit ***that he was beat-***
　　　　　　　　　　　　　　　　　　　　　　　　　　　　　　　　　　　　6

en again.

　　「某天下午，他們坐在起居室西邊的窗戶旁邊，兩人中間擺了一盤棋，而法蘭
克不能不承認，他又下輸了。」

chess-board〔'tʃɛs,bord〕*n*. 棋盤

5.（**C**）with 可當「具有」解，如：I bought a house *with* a red roof. 我買
了一幢有紅屋頂的房子。

6.（**D**）根據下文得知法蘭克的棋藝並不高明，應該是「又下輸了」，故選(D) was
beaten。beat〔bit〕*vt*. 擊敗，在這裏是被擊敗，用被動態。

" It must be <u>dull</u> for you, playing with me," he murmured.
　　　　　　　　7

" You will play better ***when you are stronger and can fix your mind on it***,"

Mary <u>assured</u> him. She was <u>puzzled</u> ***because*** *Frank,* [*who* *had a good head*
　　　　8　　　　　　　　9

for some things,] *had none at all for chess,* ***and*** <u>it</u> was clear ***that*** *he*
　　　　　　　　　　　　　　　　　　　　　　　　　　　　　10

would never play well.

" 他低聲說：「你跟我下棋，一定感到很無聊。」

「當你身體好一點，可以專心下棋時，你會下得更好，」瑪麗如此向他保證。事實上她覺得很奇怪，法蘭克對某些事情很內行，下起棋來卻是一竅不通，而且顯而易見的是他永遠也不可能下得好。"

* It must be dull for you, playing with me. 其中 It 是形式主詞，眞正主詞是 playing with me 。

　　　fix one's mind on~ 專心做~　　　*have a good head for*~ 有~頭腦;擅長~

7. (**B**)　(A) funny　可笑的　　　　　　(B) *dull* 無聊的
　　　　　　(C) difficult　困難的　　　　　(D) impossible 不可能的

8. (**A**)　*assure* + *sb.* + (*that*)~　向某人保證~，文中把保證的事情（卽 that 子句，that 可省略）You will play better when … on it,移至句首，形成倒裝。(B) encourage 鼓勵，(C) emphasize 強調，和(D) comfort 安慰，都只能接一個受詞，不能接人、事物兩個受詞，卽使句意對，也不能選。

9. (**C**)　(A) known　已知的　　　　　　(B) convinced　深信的
　　　　　　(C) *puzzled*　感到困惑的　　　(D) amused　感到高興的

10. (**C**)　*it* was clear *that he would never play well* 中，意義上眞正的主詞是 that he would never play well，但是這個眞主詞太冗長，句首以形式主詞 it 代替，將眞正主詞移至句尾。

Test 32 詳 解

*One morning, **while** I was waiting in the lobby of the hotel for the car*, a distinguished-looking Japanese gentleman walked excitedly <u>up to</u> the
1

information desk **and** obviously tried to find out ***if** a certain person was in or out*.
2

　　"某一天早晨，我在旅館的大廳候車，一位看起來很高尚的日本男士，很興奮地走到服務台旁邊，顯然是想查查某位先生在不在。"

　　　　　lobby〔'lɑbɪ〕*n.* 大廳　　distinguished〔dɪ'stɪŋgwɪʃt〕*adj.* 高尚的
　　　　　information desk 服務台　　obviously〔'ɑbvɪəslɪ〕*adv.* 顯然地
　　　　　find out 查出來

1.（A）　(A) ***walk up to*** 走向～　　　　　(B) walk down 沿著～走
　　　　　(C) walk along 沿著～走　　　　　(D) walk out 走出去（以示抗議等）

2.（D）　if 引導的名詞子句接在 ask, try, wonder, know, find out 等含有「詢問」或「懷疑」的字之後，等於 whether。

On receiving a negative answer, he sat down on <u>the other</u> end of the couch
3
*on **which** I was sitting **and** in less than half a minute* dropped his head
4
backward **and** began to <u>snore</u> open mouthed. ***When** the person he came to*
5
see <u>entered</u> the lobby, he immediately jumped <u>to</u> his feet, *fresh and alert*.
6　　　　　　　　　　　　7

　"他一聽到答覆是否定的，就在我坐的長沙發另一頭坐了下來，不到半分鐘的時間，就頭往後仰，嘴巴開開地打起呼來了。可是當他要見的人一進大廳，他馬上一躍而起，充滿了活力又機靈得很。"

　　* on＋名詞或動詞，常作「一…就」解，等於 at the time of。on receiving a negative answer ＝ at the time of receiving a negative answer。fresh and alert 是由對等子句 and he was fresh and alert 簡化過來的分詞構句，對 he immediately jumped to his feet 做補充說明。

negative 〔'nɛgətɪv〕 *adj.* 否定的　　　　couch 〔kautʃ〕 *n.* 長沙發
alert 〔ə'lɜt〕 *adj.* 機靈的

3.（**B**）一個長沙發只有兩頭，作者坐一頭，那位日本紳士顯然是坐在另一頭（the other end），故選(B) the other。

4.（**C**）在什麼時間之內，介系詞用 in。

5.（**D**）(A) sneer 嘲笑　(B) snug 舒適的　(C) snatch 奪取　(D) *snore* 打鼾

6.（**A**）(A) *enter* 進來　　　　　　　(B) let ～ in 讓～進來
　　　　　(C) set in 開始　　　　　　　(D) admit 承認

7.（**B**）*to one's feet* 站立起來，如：*jump to one's feet* 跳起來；*rise to one's feet* 站起來。

The Japanese capacity *for sleeping anywhere at will* was *so* well developed
that men and women *standing in buses, holding on to the rails to keep their*
balance, slept in this position probably **until** they *reached* their destination.

"日本人有一種能力，到了任何地方都可以想睡就睡，所以即使那些站在公車裏，手握欄杆以保持平衡的男男女女，都可以以這個姿勢，睡到目的地到了爲止。"

* standing in buses … balance 是由形容詞子句 who stood in the bus, hold ～ balance 簡化而成的片語，修飾 men 以及 women。

capacity 〔kə'pæsətɪ〕 *n.* 能力　　　*at will* 隨心所欲地
rail 〔rel〕 *n.* 欄杆

8.（**B**）(A) nowhere 無處　　　　　　(B) *anywhere* 任何地方
　　　　　(C) somewhere 某處　　　　　(D) elsewhere 別處

9.（**D**）*hold on to* 抓住，如 hold on to one's hat 抓住自己的帽子。

10.（**B**）整段文章都是用過去式寫的，故選(B) reached。(C) had reached，用過去完成式是用來表達比另一動作更早，或是在過去某時之前的持續動作，不合句中的意思。

Test 33 詳 解

Everyone knows *that laziness is a sin,* *that* *it is wasteful* *and that*
lazy people will never amount to anything in life. *But* laziness can actually
be helpful. Some people may look lazy *when they are really thinking or*
planning. We should remember *that some great scientific discoveries*
occurred by chance or while someone was "goofing off."

　　" 每個人都知道懶惰是一種罪，是一種浪費，懶惰的人在生活中將一事無成 。
但是事實上 ，懶惰可能是有幫助的。有些人真的在思考或計畫的時候，看起來就像在偷
懶一樣。我們應該記得 ，有些偉大的科學發明 ，都是在偶然之中 ，或者當某人正在
「偷懶」時 ，才發現的 。 "

> sin〔sɪn〕*n.* 罪（通常指的是宗教、道德方面的罪）
> *amount to*（成就、意義）總計；共達　　*by chance* 偶然
> *goof off* 偷懶

1.（**C**）*never* amount to *anything* = amount to *nothing*（否定詞＋any＝no），
所以根據句意 ，選(C) anything 。

2.（**B**）(A) be immoral 不道德的　　(B) *be helpful* 有幫助的
(C) overwork 工作過度　　(D) be careful 小心的

3.（**A**）(A) *look lazy* 看起來像在偷懶　　(B) be harmful 有害的
(C) seem beneficial 看似有益的　(D) appear insecure 看似不安全的

4.（**B**）some ＋單數，表「某一個～」，some ＋複數名詞，表「某些～」，所
以(C)(D)用的是單數名詞 ，表示只有某一個科學發明或成就是偶然發現的，
句意顯然不對，(A)應把 science 改成 scientific, 但是 problem「問題」，
句意還是不對 ，故選(B) scientific discoveries「科學上的發明」。

Newton wasn't working in the orchard *when the apple hit him and* he devised
the theory of gravity. Sometimes being " lazy " — *that is, taking time of.*

for a rest — is good for the overworked student . **So** be careful _when you_
are tempted to call someone lazy. That person may be thinking, resting,
or planning.

"在果園裏，當蘋果掉到牛頓身上的時候，他當時並非正在工作，可是他卻因此而發明地心引力的原則。有時候偷懶（即拿出時間休息一下），對工作過度的學生很有益處。所以，當你很想說某人很懶時，要小心一點。那個人可能正在思考、休息或計畫。"

　　　　　gravity〔'grævətɪ〕 _n._ 地心引力　　　 **_that is_** 即；也就是說

5.（ **B** ）(A) orchid〔'ɔrkɪd〕 _n._ 蘭花　　　(B) **_orchard_**〔'ɔrtʃəd〕 _n._ 果園
　　　　　(C) orchestra 管絃樂團　　　　　　(D) orchis〔'ɔrkɪs〕 _n._ 蘭花

6.（ **D** ）(A) understand 瞭解　　　　　　(B) supervise 監督
　　　　　(C) solve 解決　　　　　　　　　(D) **_devise_** 發明

7.（ **A** ）(A) **_take time off for a rest_** 休息一下
　　　　　(B) put off 拖延　　　(C) take leave 告別　　　(D) put away 儲蓄

8.（ **C** ）(A) indeed 的確　　　　　　　　(B) instead 取而代之
　　　　　(C) **_so_** 所以　　　　　　　　　(D) nevertheless 然而

9.（ **B** ）(A)（人＋）intend to （某人）想去～，應改成主動。
　　　　　(B) **_be tempted to_** （受誘惑）想去～，(C)改成 are going, (D) can't
　　　　　help ＋Ving 忍不住要～，不能接不定詞。

10.（ **C** ）(A) will be 將會在　　　　　　　(B) should be 應該在
　　　　　(C) **_may be_** 可能在　　　　　　(D) must be 一定在

Test 34 詳 解

A study *of 4,000 mentally ill patients over nearly two decades* indicates
<u>   1</u>
that the disease's severity varies *with the motions of the sun and moon,*

with psychotics showing their most bizarre behavior ***when*** *the moon is* <u>*full*</u>.

                                                 2

　"一項針對四千名病患,歷時近二十年的研究指出,精神病的嚴重性,與日月
的運行有關,在月圓的時候,病患的行為最異常。"

*　∗ 分詞構句也可用 with(或 without)+受詞+〜 ing(或 p.p.、形容詞),
　表示附帶狀況。例如:

　I sat reading, ***with my dog sleeping behind me.***
　= I sat reading, *and my dog slept behind me.*
　所以 with psychotics showing … full 可視為是由 and psychotics show …
　full 簡化形成的分詞構句,對前面的句子加以補充說明。

      mentally〔ˈmɛntəlɪ〕*adv.* 精神上　　patient〔ˈpeʃənt〕*n.* 病人
      decade〔ˈdɛked〕*n.* 十年　　severity〔səˈvɛrətɪ〕*n.* 嚴重性
      vary〔ˈvɛrɪ〕*vi.* 改變　　psychotic〔saɪˈkɑtɪk〕*n.* 精神病患
      bizarre〔bɪˈzɑr〕*adj.* 異常的

1.(**C**) (A) announce 宣布(主詞通常是人)　(B) confine 限制
      (C) ***indicate*** 指出　　　　　　　　　(D) detain 阻止

2.(**D**) ***a full moon*** 滿月,無(A)(B)(C)的用法。

It has been recognized for <u>some time</u> ***that*** *patients* *with mood disturbances*

                                 3
tend to <u>*become*</u> *ill during particular seasons of the year.* ***But*** the new

              4
research suggests ***that*** *seasonal effects are much more pervasive* <u>***than***</u>

                                                   5
have generally been realized.

" 在以前人們就已經發現，情緒不安的病人，在某些季節裏，特別容易發病。但是，最新的研究指出，季節的影響力遠超過一般我們所知道的範圍 。"

* It has been recognized … year 中，It 只是形式主詞，眞正主詞是後面的 that 子句。

　　mood [mud] *n.* 情緒　　disturbance [dɪ'stɜbəns] *n.* 不安

　　tend to 容易　　research ['risɜtʃ,rɪ'sɜtʃ] *n.* 研究

　　pervasive [pɚ'vesɪv] *adj.* 普遍的

3.(A)　(A) ***some time*** 一段時間

　　　(B) sometime 某個時候 (如： I saw her sometime yesterday. 我昨天某個時候看過她 。)

　　　(C) some other time 改天 (如： I will call you some other time. 我改天會打電話給你 。)

　　　(D) sometimes 有時 (如： It is sometimes hot. 有時天氣很熱 。)

4.(B)　become ill = get ill = get sick 生病

5.(C)　原句應爲 seasonal effects are much more pervasive ***than*** (*seasonal effects*) *have generally been recognized.* than 是連接詞，引導一個表示比較的副詞子句，修飾比較級 more。在 than 引導的子句中，與前面重覆的部份，經常被省略，故此處省略了 seasonal effects 。

Test 35 詳 解

Beginning in the 1960s, American women started entering jobs and professions *that had been dominated almost completely by men. In the 1970s*, another pattern emerged in employment: men began entering " women's work ". *For example*, *today*, Mr. Bane, a registered nurse *trained as an anesthetist*, earns about $30,000 a year at Lameson Memorial Hospital in New Castle, Pennsylvania.

" 在一九六〇年代，美國女性開始從事一些向來幾乎完全是男性天下的工作。在一九七〇年代，另一種職業型態出現了：男士開始從事「女人的工作」。例如本恩先生，現在是一位有執照的護士，受過麻醉師的訓練，在賓州紐塞市的蘭森紀念醫院工作，年薪大概是三萬美金。"

* 在 Beginning in …men. 中，Beginning in the 1960s 是補述用法的形容詞詞子句，簡化而來的分詞構句；整個句子可改爲 American women started …by men, which began in the 1960s.

dominate〔′dɑmə‚net〕*vt.* 占優勢　　emerge〔ɪ′mɝdʒ〕*vi.* 出現
anesthetist〔ə′nɛsθətɪst〕*n.* 麻醉師
Pennsylvania〔‚pɛnsḷ′venjə〕*n.* 賓夕凡尼亞州（美國東部州名）

1.（**C**）(A) track and field 田徑　　　　(B) pros and cons 正反雙方
　　　(C) **jobs and professions** 一般工作及專門性的職業
　　　(D) incomings and outgoings 收入與支出

2.（**D**）(A) symptom 症狀　　　　　　(B) figure 數目
　　　(C) design 設計　　　　　　　(D) **pattern** 型態

3.（**B**）原句是 who is trained as an anesthetist，將此形容詞子句去關代、be 動詞，簡化成形容詞片語，修飾 nurse，故選(B) trained。(A)做學徒，(C)經歷，(D)鍛鍊，句意均不對。

That's not an unusual turnabout nowadays. *Just **as** women have gained a*
₄
footing in nearly every occupation once reserved for men, men can be found

today working *routinely in a wide variety of jobs once held nearly exclu-*
₅
sively by women. The men are working as receptionists **and** flight attend-

ants, servants, **and even** "Kelly girls."

" 這在今天來說，並不是非比尋常的轉變。正如女人幾乎在每一項從前為男士所專
有的工作上，得到立足之地一樣，今天在以往清一色是女人從事的各類工作中，也
可以發現有男士加入。這些男士從事接待員、空服員、傭人，甚至是臨時秘書的工作。"

> turnabout〔'tɜnə,baʊt〕*n.* 轉變　　　reserve〔rɪ'zɜv〕*vt.* 保留
> exclusively〔ɪk'sklusɪvlɪ〕*adv.* 專有地
> receptionist〔rɪ'sɛpʃənɪst〕*n.* 接待員　　Kelly girl 臨時秘書

4.(**A**)　***gain a footing*** 得到立足之地，(B)(C)(D)無此片語。

5.(**C**)　routinely〔ru'tinlɪ〕*adv.* 經常性地，(A)(B)(D)拼法均錯誤。

Test 36 詳 解

Women *in ancient China* were generally lower *than men in social status* and *in their domestic position.* They were required *by tradition* to be obedient and respectful toward men *and* were discouraged *from pursuing careers of their own and from participating in political activities.* Most of the activities were confined to the home. *On the whole*, traditional Chinese women played a humble role in society and in the home.

"古代的中國女性，不管是在社會地位還是家庭內的地位，一般而言都比男性要低。傳統要求他們要服從、尊重男性，而且不鼓勵他們追求自己的事業，或是參加政治活動。大部份的活動，都侷限在家裏。大體而言，傳統的中國女性，在社會和家裏，都扮演著卑微的角色。"

domestic〔dəˈmɛstɪk〕*adj.* 家庭的　obedient〔əˈbidɪənt〕*adj.* 服從的
respectful〔rɪˈspɛktfəl〕*adj.* 尊敬的　career〔kəˈrɪr〕*n.* 職業
of one's own 自己的　*participate in* 參加
political〔pəˈlɪtɪkl̩〕*adj.* 政治的　*play a role* 扮演一個角色
humble〔ˈhʌmbl̩〕*adj.* 卑微的

1. (**B**)　(A) stature 身材　　　(B) *status* 地位
　　　　　(C) statute 法規　　　(D) statue 雕像

2. (**C**)　(A) ambition 野心　　(B) institution 創立
　　　　　(C) *tradition* 傳統　　(D) compassion 同情

3. (**A**)　*confine A to B* 限制A於B（範圍）中
　　　　　(B) extend 延伸　　(C) confirm 證實　　(D) exclude 不包括

4. (**A**)　(A) *on the whole* 大體而言　(B) in advance 事先
　　　　　(C) all the same 都一樣　　(D) in no way 絕不

In spite of this, society showed deep respect for women *who distin-*
　　　　5
guished themselves either by their talents or their merits. The story

of the mother of Mencius enduring many hardships to bring up the great
　　　　　　　　　　　　6
philosopher is well-known. Legend has it *that* the lady moved house three
　　　　　　　　　　　　　　　　　　　　　7
times to live in a neighborhood ideal for the education of her son.

　　"僅管如此，社會大衆還是很尊重那些因爲才藝出衆，或別具美德而揚名的婦
女。孟母含辛茹苦，養育一位偉大哲學家的故事，衆所皆知。相傳孟母三遷，只爲
了替兒子找一個受教育的理想社區 。"

　　* Legend has it that … son. 中，that 子句作 it的同位語，對 it 加以補充
　　　說明。其中 ideal for ～ son 是由形容詞子句which was ideal for ～ son
　　　簡化而來的。

　　　　distinguish〔dɪ'stɪŋgwɪʃ〕*vt*. 使揚名
　　　　merit〔'mɛrɪt〕*n*. 優點；美德　　Mencius〔'mɛnʃɪəs〕*n*. 孟子
　　　　bring up 養育　　philosopher〔fə'lɑsəfə〕*n*. 哲學家
　　　　legend〔'lɛdʒənd〕*n*. 傳說　ideal〔aɪ'dɪəl, aɪ'dil〕*adj*. 理想的

5.（**D**）(A) thanks to　由於　　　　　　(B) by means of　藉著
　　　　(C) on account of　因爲　　　　　(D) *in spite of*　儘管

6.（**C**）用動名詞 enduring 的形式，做前面介系詞 of 的受詞。

7.（**B**）(A) Chances are that（＋子句）很可能…
　　　　(B) *Legend has it that*（＋子句）傳說中…
　　　　(C) She is said　據說她　　　(D) Nobody knows　沒有人知道

Another great woman, *according to history,* was the mother of Yueh
　　　　　　　　　　　　　　　　　8
Fei, *a famous general of the Sung Dynasty.* *When Yueh Fei was a child*, his

mother exhorted him to devote himself to serving the nation. He lived up to
　　　　　　　　　　　　　　　　　　　　　9　　　　　　　　　10
her advice *by fighting bravely and winning many battles against the enemy*.

"根據歷史記載,另一位偉大的女性,就是岳飛的母親,岳飛是宋朝一位很出名的將軍。岳飛小時候,母親就勸誡他要精忠報國。他英勇作戰,在多次戰役中擊退敵人,將母親的告誡身體力行。"

* according to history 是一個插入的副詞片語,修飾整句話。a famous general of the Sung Dynasty 是 Yueh Fei 的同位語。

general〔ˈdʒɛnərəl〕*n.* 將軍   dynasty〔ˈdaɪnəstɪ〕*n.* 朝代
exhort〔ɪgˈzɔrt〕*vt.* 勸誡

8.(**D**)(A) to add to 增加   (B) depend on 依賴
(C) according as(＋子句)根據
(D) *according to*(＋名詞性質的字詞)根據

9.(**C**)*devote oneself to*(＋名詞或動名詞)「獻身於～」,故選(C) serving。

10.(**C**)(A) come across 越過   (B) get the better of 克服
(C) *live up to* 按照～行動   (D) keep track of 記住

Test 37 詳解

You probably have heard ***that*** *you will* *spend one-third of your life in*
$\underset{1}{}$
sleeping. ***If you have ever tried to*** *avoid* *sleep for several days*, you know
$\underset{2}{}$
it isn't easy. Sleep is as essential to your body as food and water.
$\underset{3}{}$

"你可能聽說過，每個人一生都花三分之一的時間在睡眠上。如果你曾試過幾天不睡，就知道這麼做並不容易。睡眠對你的身體，就跟食物和水一樣重要。"

1. (**C**) 人＋ spend ＋時間（ *in* ）＋ Ving,所以選(C) in 。

2. (**A**) (A) ***avoid*** 避免　(B) promote 促進　(C) develop 發展　(D) civilize 使開化

3. (**D**) (A) comfortable 舒服的　　　　(B) convenient　方便的
　　　　　(C) different　不同的　　　　　(D) ***essential***　必要的

The topic of sleep has puzzled people for a long time. *For example,*
Plato, *a philosopher of ancient Greece*, thought ***that*** *his soul left his body* *when*
he slept and *wandered* *around the world.* Others thought sleep was caused *by*
$\underset{4}{}$
lack of blood in the brain. *More recently,* scientists have examined the
$\underset{5}{}$
possibility ***that*** *sleep is caused by certain chemicals in the brain.*
$\underset{6}{}$

"長久以來，睡眠這個話題困擾了許多人。例如，柏拉圖，古希臘的一位哲學家，就認爲自己睡著之後，靈魂會離開身體，在世界各地漫遊。有些人則認爲睡眠是腦中缺血引起的。最近，有些人在研究一項可能性，認爲睡眠是腦中某些化學成分引起的。"

* a philosopher of ancient Greece 是一個插入的名詞片語,做 Plato 的同位語。

　 topic〔'tɑpɪk〕 *n.* 話題　　chemical〔'kɛmɪkl〕 *n.* 化學藥品;化學成分

4. (**B**) (A) amaze 使驚訝　　　　　(B) ***wander***　漫遊、閒逛
　　　　　(C) wonder 感到驚奇　　　　(D) alarm 使憂慮

5.（ B ）(A) desire 欲望　(B) *lack* 缺乏　　(C) event 事件　(D) item 項目

6.（ A ）(A) *possibility* 可能性　　　　(B) weakness　虛弱
　　　　　(C) understanding　理解　　　(D) culture　文化

　　Sleep researchers have not answered all the questions about sleep, *but* they have discovered *that several changes take place in the body during sleep*. Body temperature drops. Blood pressure is lowered. Heart rate and breathing become slower. All the senses are dulled *during sleep*, even the sense of pain. *Except for occasional short movements*, your voluntary muscles are at rest during sleep.

　　「研究睡眠的人員尚未解答所有有關的問題，但是他們發現，睡眠時人體會產生幾項變化：體溫下降，血壓降低，心跳及呼吸速度減慢。所有感覺在睡眠中都遲鈍了下來，甚至是痛覺也一樣。除了偶發的短暫活動，你的隨意肌在睡眠時，也呈現休息的狀態。」

　　　　researcher〔'risɜtʃɚ〕*n*. 研究人員　　drop〔drɑp〕*vi*. 下降
　　　　lower〔'loɚ〕*vt*. 使降低　　rate〔ret〕*n*. 速度
　　　　dull〔dʌl〕*vt*. 使遲鈍　　occasional〔ə'keʒənḷ〕*adj*. 偶爾的
　　　　voluntary muscles　隨意肌

7.（ C ）*take place*「發生」　(A) occur「發生」，是不及物動詞，沒有被動態。
　　　　　(B) hold「舉辦、招開」，(D) result in「導致」，在此句意不合。

8.（ D ）*blood pressure* 血壓　(A) force 力量　(B) command 命令 (C) change 改變

9.（ C ）*except for* 除了…之外（用來說明「除外者」、「不包括在內者」）
　　　　　(A) besides 此外（還有…），(B) below 在…下面，(D) but 但是。

10.（ A ）(A) *at rest*　在休息　　　　　　(B) at war 在交戰中
　　　　　(C) lead to　通往　　　　　　　(D) far from 一點也不

Test 38 詳解

The first UFOs were said to have been sighted by Ken Arnold on June
....1...2
24, 1947.

"據說在一九四七年六月二十四號肯・阿諾首次看見幽浮。"

UFO＝Unidentified Flying Object 不明飛行物體；幽浮
sight〔saɪt〕*vt*. 看見

1.（**D**）本句 sight「看見」發生的時間，比主要動詞 were said to 發生得更早，
故用完成式，表示時間的先後次序。

2.（**C**）在特定的日子，介系詞用 on。

Taking off from Yakima Airfield, Ken began flying eastward. *No*
.....3...4
sooner had he reported to the control tower through his communication
systems, *than* he sighted some disc-shaped objects *in disbelief*.
....5...................6...................................7

"肯從崎間機場起飛之後，就向東飛。他才用通訊系統向塔台報告之後，就看
見一些圓盤狀的東西，這使他無法置信。"

* Taking off from … Airfield 是由表時間的副詞子句 After he took off～
Airfield 簡化而來的分詞構句。

    take off 起飛   airfield〔'ɛr,fild〕*n*. 機場
    control tower 塔台   communication〔kə,mjunə'keʃən〕*n*. 通訊

3.（**B**）詳見文法解說，(A)(C)(D)沒有連接詞與主詞，顯然錯誤。

4.（**C**）begin to＋V＝begin＋Ving。(A)改成 to fly 也正確。

5.（**B**）(A) see 看見（改成過去式 saw 才對） (B) *sight* 看見
      (C) glow 發強光   (D) gleam 發微光

6.（**C**）disc-shaped objects＝objects which are shaped into disc, 故選(C)。

7. (**D**) *in disbelief* = unbelievingly 不相信地，in 接抽象名詞可表示「情況；
狀態」，如：in haste 匆忙地，in public 公開地。

Twenty years later, the U.S. Air Force began looking into the phe-
　　　　　　8　　　　　　　　　　　　　　　　　9
nomenon of UFOs. Everyone has talked about UFOs since Ken's first

sighting, *including scientists, government officials, and businessmen.*
　　　　10

　　"二十年之後，美國空軍開始調查幽浮這種特殊的現象。自從肯第一次目睹之後，
每一個人都在談幽浮的事情，包括科學家、政府官員和生意人。"

　　　　　air force 空軍　　　phenomenon [fə'namə,nan] *n.* 特殊的現象
　　　　　official [ə'fɪʃəl] *n.* 官員

8. (**A**) (A) *later* (時間上) 稍晚　　　(B) latter (順序上) 稍晚
　　　　(C) late 晚的　　　　　　　　(D) 改成 After twenty years 才正確

9. (**A**) (A) *look into* 調查　　　　(B) look at 瞧一瞧
　　　　(C) look down upon 瞧不起　(D) look after 照顧

10. (**A**)　including「包括」，功能跟介系詞一樣，後接名詞性的字詞。(B) combined
　　　　混合，(C) mentioning 提及，(D) excluding 不包括，都沒有介詞的功用，句
　　　　意、用法皆不對。

Test 39 詳解

The smoker, the one ***who has made tobacco a big industry***, is not doing well. Many more smokers are developing cancer of the mouth, lungs, or
<u>　　　　　　　　　</u>
　　　　　　　　　　1

the throat. <u>Others</u> have fallen to lung diseases ***which*** ***often make them***
　　　　　　2　　　　　　　　　　　　　　　　3
live like vegetables for years.

"使菸草事業蓬勃發展的癮君子，情況並不樂觀。有更多的抽煙者得了口腔癌、肺癌或是喉癌。有些人得了肺病之後，甚至還變成植物人。"

vegetable〔'vɛdʒətəbḷ〕*n.* 植物人

1.（ **C** ）develop ＋病名「顯示～病的跡象；得～病」。　(A) catch 抓住
　　　　　(B) afraid 害怕的　(D) hate 痛恨，句意不對。

2.（ **C** ）選(A)(B)沒有主詞。(D) They（＝many more smokers），句意不合。故選
　　　　　(C) Others ＝ Other smokers。

3.（ **B** ）此處缺少一個關係代名詞，引導形容詞子句，故選(B) which。

Still others are dying of circulatory diseases. A well-known <u>physician</u>
<u>　　　</u>　　　　　　　　　　　　　　　　　　　　　　　　　　　　　　<u>　　　　</u>
　　4　　　　　　　　　　　　　　　　　　　　　　　　　　　　　　　5
has said, "Cancer is probably the most merciful of the diseases ***related to***
smoking."

"還有一些人死於循環性疾病。一位知名的醫生曾經說過：「在所有與吸煙有關的疾病中，癌症大概是最仁慈的一種了。」"

　＊ related to smoking 是由 which are related to smoking 簡化形成的。
　　circulatory〔'sɝkjələ,torɪ〕*adj.* 循環的　merciful〔'mɝsɪfəl〕*adj.* 仁慈的

4.（ **A** ）***others … still others*** ～一些人…，還有另一些人～，此處 still 當形容
　　　　　詞用，修飾 others，與第一個 others 形成對比。(B) consequently 因此
　　　　　(C) besides 此外　(D) but 但是，句意均不對。

5.（ **C** ）(A) physicist　物理學家　　　　(B) inspector 檢查員
　　　　　(C) ***physician*** 醫生　　　　　(D) examiner 考試委員

Test 40 詳 解

Studies show **that** *most people,* *most* *of the time,* *consider themselves*
1
to be in uneasy personal situations of some kind. There are usually situa-
tions ***that*** *good communication might* *improve.* *In fact,* the people *involved*
2   3
know the importance of " talking things over. "
4

「研究顯示大部份的人在絕大多數的時候，都覺得自己置身於某種不安的情況
之中。通常有些情況，是良好的溝通可以解決的。事實上置身於其中的人們都知道
「商量」的重要性。」

* most of the time 是一個挿入的副詞片語，修飾動詞 consider。

uneasy〔ʌn'izɪ〕*adj.* 不安的

1.（ D ）　***most of the time*** 大部份的時間。(A) almost　幾乎（是副詞，不能當名
詞用），(B) some of the time 有些時候，句意不合。(C) first of the
time 時間的第一，沒有意義。

2.（ A ）　improve〔ɪm'pruv〕*vt.* 改善　　(B) carry out　實現
(C) transport〔træns'port〕*vt.* 運送
(D) transmit〔træns'mɪt〕*vt.* 轉送

3.（ D ）　此處 involved 是由形容詞子句 who are involved 簡化而來的，修飾 people。
(A) intelligent 聰明的　　　　　(B) located　被設在
(C) industrious〔ɪn'dʌstrɪəs〕*adj.* 勤勉的

4.（ B ）　***talk*** *sth.* ***over*** = discuss sth. 商議某事　(A) take over 接管
(C) deal with 處理（不加 over）(D) look over 檢查

Their problem is not a failure *to realize the importance of communication*.

It is a failure *to know **how** to open or reopen the channels of communica-*
5
tion. Pride, fear, an inferior position, the memory of past disappoint-

ment — all these factors hold them back.

" 他們的問題不在於無法瞭解溝通的重要性，而是未能打通或是再打通溝通的管道。

驕傲、懼怕、處於劣勢、過去挫敗的回憶——這一切因素都讓他們退縮。 "

　　＊ 標點符號長劃（——），用來表示總括或附加全句的意義。

　　　　reopen〔ri′opən〕*vt.* 再打開　　inferior〔ɪn′fɪrɪɚ〕*adj.* 劣等的
　　　　factor〔′fæktɚ〕*n.* 因素　　　***hold back*** 使退縮；阻止

5. (**C**) (A) canal〔kə′næl〕*n.* 運河　　　(B) ditch〔dɪtʃ〕*n.* 排水溝
　　　　　(C) ***channel***〔′tʃænl〕*n.* 管道；水道
　　　　　(D) satellite〔′sætl͵aɪt〕*n.* 衞星

Test 41 詳 解

Teachers [of English **who** want to be responsible yet realistic about
　　主詞
teaching usage and mechanics to today's writing students] face a chronic
　　　　　　　　　　　　　　　　　　　　　　　　　　　　　　　　動詞
dilemma .
　1

"想負責而又想兼顧實際的英文老師，在教導今日學生寫作的慣用方法和技巧時，都會面臨一個常見的困境。"

> * who … students 是形容詞子句，修飾 teachers 。
>
>   realistic 〔͵rɪəˈlɪstɪk, ͵rɪə-〕 adj. 實際的　usage 〔ˈjusɪdʒ〕 n. 慣用法
>   mechanics 〔məˈkænɪks〕 n. 技巧; 機械學
>   chronic 〔ˈkrɑnɪk〕 adj. 慣常的; 長期的

1. (**C**) (A) 事情　　　　　　　　　　　(B) instruction 〔ɪnˈstrʌkʃən〕 n.教導
　　　　(C) **dilemma** 〔dəˈlɛmə,daɪ-〕n.困境 (D) 失敗

What should our priorities be? Should we insist **that** we (*should*) distinguish between lie and lay or sit and sat, **and that** we (*should*) use a singular pronoun after everybody?

"什麼是我們該優先考慮的事情呢？我們要不要堅持區別 lie 和 lay 或 sit 和sat,以及要不要堅持在 everybody 之後使用單數代名詞呢? "

> * insist 之後的 that 子句用假設法動詞，should省略和不省略均可（詳見文法寶典 p.372）; and 連接兩個 that 子句，作 insist 的受詞。
>
>   priority〔praɪˈɔrətɪ〕n. 優先的事物　singular 〔ˈsɪŋgjələ˞〕adj. 單數的

If we do, we risk looking **as if** we are assuming the posture of the pro-
　　　　　　　　　　　　2　　　　　　　　　　　3
tectors of pure English holding off the barbarians *who will corrupt the*
　　　　　　　　　　　　　　　4
language if we relax our vigilance.
　　　　　5

"如果我們堅持的話，我們就會冒險，以看起來像是純正英語保護者的姿態出現，對抗那些若是我們鬆懈警戒，就會敗壞語言的野蠻人。"

* If we do 是副詞子句，修飾 risk，其中 do = insist；as if 引導的子句，在 look, seem 等動詞之後，可依句意需要，不用假設法，而直接說法（詳見文法寶典 p.371）；holding … barbarians 是分詞片語，當受詞補語。

   assume 〔ə'sjum〕*vt.* 採取　　posture 〔'pɑstʃə〕*n.* 姿勢；態度
   assume the posture of 採取～態度　vigilance 〔'vɪdʒələns〕*n.* 警戒

2.(**A**) risk 冒～之險，需接動名詞爲受詞，故選(A)（詳見文法寶典 p.436）。

3.(**C**) (A) presume 〔prɪ'zum〕*vt.* 假定
   (B) 認爲　　　　　(C) <u>採取</u>　　　　　(D) 有

4.(**B**) (A) turn off 關閉　　　　　(B) *hold off* 對抗
   (C) call off 取消　　　　　(D) take off 起飛；脫掉

5.(**C**) care, watch, attention, vigilance 雖都有「注意，留心」的意思，但 vigilance 尤指爲某一理由或目標而特別警戒，故(C)最合句意。

*On the other hand, **if we take the attitude that** <u>helping</u> students to generate*
　　　　　　　　　　　　　　　　　　　　　　　　　　　6

*content and organize it in a coherent pattern should be our major goal **and***

***that** surface features are comparatively unimportant*, we open ourselves <u>to</u>
　7

<u>attack</u> from readers ***who are*** genuinely <u>concerned about</u> good English.
　8　　　　　　　　　　　　　　　　　　　　　　9

"從另一方面來說，假如我們採取另一種態度——我們最主要的目標是幫助學生寫出內容，並用有條理的形式加以組織，並且認爲表面的特點是比較不重要的——那我們又易遭受誠心關切純正英語的讀者的攻擊。"

* On the other hand "從另一方面來說"是副詞片語，修飾全句；if … unimportant 是副詞子句，修飾 open。

   generate 〔'dʒɛnə,ret〕*vt.* 產生；造成
   coherent 〔ko'hɪrənt〕*adj.* 一致的；連貫的　　feature 〔'fitʃə〕*n.* 特點；外貌
   genuinely 〔'dʒɛnjuɪnlɪ〕*adv.* 誠心地；眞正地
   be concerned about "關切"

6.（ **B** ）　that helping … goal 是名詞子句，其中 helping … pattern 是動名詞作主
　　　　　詞（詳見文法寶典 p.427 ）。

7.（ **D** ）　attitude 接兩個 that 子句作同位語，第二個 that 子句需要 and 連接，且
　　　　　that 不能省略。

8.（ **C** ）　***open oneself to*** ＋N（＝be open　to＋N）易遭受～，故選(C)。

9.（ **A** ）　(A) 關切　　　　　　　　　　(B) be concerned to　一心希望
　　　　　　(C) be concerned in 從事;與～有關　　(D) 無此用法

There are people *who claim **that** we are not doing our job.*　***And*** they imply

that in their day English teachers were a different breed *who had stand-*

*ards **and** saw to it **that*** no one left their classrooms without being able to

write.

10

"有一些人認為我們沒有盡責任。而且他們暗示說，以前他們的英文老師和我們是
不同類型的人，他們有自己的標準，而且留心務必使離開他們教室的學生，都能寫作。"

　　　breed〔brid〕*n.* 類型；種　　standard〔′stændəd〕*n.* 標準

10.（ **B** ）　***see to it that*** ＝ see that "留意～"，是慣用語，其中 that 子句是 it
　　　　　的同位語（詳見文法寶典 p.481）；本題雖然(A)(B)皆可，但 see that 較口語，
　　　　　且有時易被誤解成 that 引導名詞子句作 see 的受詞,故在此選(B)較適當。

Test 42 詳 解

Large numbers of people *nowadays* might define a holiday as "traveling to another part *of the country or of the world for a week or two once or twice a year.*"

　　"目前有許多人可能給假期下的定義是：一年有一兩次機會到某個國家或世界的另一部分，去旅遊一兩個星期。"

　　　　nowadays〔'nauə,dez〕*adv.* 現今；目前　　define〔dɪ'faɪn〕*vt.* 下定義
　　　　mass〔mæs〕*n.* 塊；大多數；大量　　amount〔ə'maunt〕*n.* 數量

1.（ B ）　*large numbers of = a large number of = a great number of = a good many of = many* "許多的"是表數的形容詞（片語）。crowd, mass 表"許多的"，應寫作 a crowd of 和 a mass of。amount 表"數量"其後只能接不可數名詞,如：a large amount of work；a small amount of sugar。

But for me personally a holiday does *not necessarily* require a lot of travel. *Quite the opposite.*

　　"但是，對我個人而言，假期未必需要許多旅遊。而且是完全相反。"

　　*　But 在此作轉承語，連接前面的句子。for me personally是副詞片語，修飾其後的句子。Quite the opposite 是省去 it is 的省略句。

　　　　personally〔'pɜsn̩lɪ〕*adv.* 親自地；就本人而論
　　　　necessarily〔'nɛsə,sɛrəlɪ, ,nɛsə'sɛrəlɪ〕*adv.* 必要地；必然地
　　　　opposite〔'ɑpəzɪt〕*n.* 相反的人或物　　*adj.* 相反的
　　　　whereas〔hwɛr'æz〕*conj.* 然而　　reversely〔rɪ'vɜslɪ〕*adv.* 顛倒地
　　　　contradictorily〔,kɑntrə'dɪktərɪlɪ〕*adv.* 矛盾地；對立地
　　　　on the other hand "另一方面"

2.（ A ）　yet with, 其中 with 雖可接 me 作受詞，但不合句意；whereas "然而"，although "雖然"均是連接詞，須接子句。

3.(**D**) Reversely, Contradictorily, On the other hand 只是單字或片語，和
答案的省略句不同，不能接句點。

In fact, for the past twenty years, it has meant no travel at all, ***because***
*I would define a holiday as " a period of time in **which** you do something*
completely different from your normal routine. "
4

"事實上，過去二十年來，假期一直意謂著完全不旅行，因為我給假期下的定義是：
一段你做些完全不同於你的例行工作的時期。"

> mean 〔min〕 *vt*. 意謂；有意義　normal 〔'nɔrml̩〕 *adj*. 正常的
> routine 〔ru'tin〕 *n*. 例行公事　schedule 〔'skɛdʒul〕 *n*. 時間表;目錄

4.(**A**) (A)例行工作 (B)生活 (C)時間表 (D)時間，本答案用 normal routine 而不
用 normal life，主要是和前文 do something 相對稱。routine 意指" 例
行公事 "，剛好和 something 相對。

So, by my definition, a holiday means *roughly* the same ***as a complete***
change. ***And*** that might *even be work **as long as** it is not the same kind*
5
*of work **that** one does the rest of the time.*
"因此，依照我的定義，假期大致上意指一種完全的改變。而且，只要它和你其餘
時間所做的工作不相同，假期甚至可以是工作。"

> * So " 因此 "，在此作轉承語，連接前面的句子。***as long as = if only*** " 只
> 要 "，引導的副詞子句，修飾 be，表條件（ 詳見文法寶典 p.520 ），其中 that
> one … time 是形容詞子句，修飾 work。

> definition 〔ˌdɛfə'nɪʃən〕 *n*. 定義　roughly 〔'rʌflɪ〕 *adv*. 大致地;大約地

5.(**D**) even be work, even " 甚至 "是副詞，修飾 be, might 在此不是 may 的
過去式，而是對現在或未來的推測，可能性比 may 小，其後接原形動詞 be
（might 的用法詳見文法寶典 p.317）; work 是抽象名詞，不需加冠詞。

Test 43 詳 解

The thing *I remember most vividly about my early childhood* was the very first time *I was taken to the seaside.*
　　　　　　　　　　　1

" 有關我童年記憶最深刻的事情，正是我頭一遭被帶到海邊去 。"

* I remember…childhood 是省略 that 或 which 的形容詞子句，修飾 thing；
  I was … seaside 是省略 when 的形容詞子句，修飾 time（詳見文法寶典 p.243）

　　vividly〔ˈvɪvɪdlɪ〕*adv.* 生動地；鮮明地；明顯地
　　seaside〔ˈsiˌsaɪd〕*n.* 海邊

1.（C） take 作 " 帶領；引導 " 解，句中主詞 I 是被帶領者，故須用被動語態 。
　　　 was called " 被召喚 "，雖是被動語態，但不合句意 。

I know it was a *gloriously* hot day, **but** I would be lying *if I said I had a*
　　　　　　　　　　　　　　　　　　　　　　　　　　　2
clear recollection of the journey to the coast. My parents have often told
me **that** I was sick *most of the way.*

" 我知道那是一個極愉快的熱天，但是，如果我說我對那次海濱之旅記憶清楚的話，
我是在撒謊。我的父母時常告訴我，一路上我大半時候都不舒服 。"

　　　　　　gloriously〔ˈglorɪəslɪ, ˈglɔr-〕*adv.* 極愉快地；光榮地
　　　　　　recollection〔ˌrɛkəˈlɛkʃən〕*n.* 記憶；回憶

2.（D）「If ＋主詞＋過去式…，主詞＋ would ＋原形動詞…」是表與現在事實相反
　　　　的假設法（詳見文法寶典 p.361），本答案不選 would lie，而選 would be lying，
　　　　是表說話當時正在進行的動作 。

Fortunately I have no memory at all *of those unpleasant hours.* **But** I shall never
　　　　　　　　　　　　3
forget running down the hot sand into the " big pond " **as I called it.**

"幸好,我對那些不愉快的時刻,一點也沒有印象。但是我絕不會忘記跑下熱沙灘,進入我所謂的「大池塘」的情形。"

> pond 〔pɑnd〕 *n.* 池塘　　reminder 〔rɪ'maɪndɚ〕 *n.* 提醒物；提醒者
> recognition 〔,rɛkəg'nɪʃən〕 *n.* 認識；認出

3.(**B**)(A) 提醒物　　　(B) 記憶　　　　(C) 認識　　　(D) 思想

It was the Atlantic, ***and although** the day was hot*, the <u>sea</u> was *extremely* cold.
"那是大西洋,而雖然當日天氣很熱,但是海水却非常冷。"

> Atlantic 〔ət'læntɪk〕 *n.* 大西洋　　extremely 〔ɪk'strimlɪ〕 *adv.* 非常地
> pebble 〔'pɛbl̩〕 *n.* 小圓石　　beach 〔bitʃ〕 *n.* 海濱

4.(**C**)(A) 小圓石　　(B) 海濱　　　(C) 海　　　(D) 岸

***It was** the shock *of that first voluntary baptism*, I know, **which** has *to this day* <u>made</u> me very wary of bathing in the sea.*

"我知道那第一回志願洗禮的震撼,到今天還使我在海裏游泳非常小心。"

* It was …which 是表加強語氣的用法(詳見文法寶典 p.115)。I know 是插入語,可當作全句的主要子句來看,插入語以外的部分,等於主要子句的受詞,可寫成 I know it was the shock of that first voluntary baptism which…. (詳見文法寶典 p.650)。

> shock 〔ʃɑk〕 *n.* 震撼；震動　　voluntary 〔'vɑlən,tɛrɪ〕 *adj.* 自動的;志願的
> baptism 〔'bæptɪzəm〕 *n.* 洗禮
> wary 〔'wɛrɪ, 'werɪ, 'wærɪ〕 *adj.* 小心的；警覺的
> bathing 〔'beðɪŋ〕 *n.* 游泳；沐浴

5.(**D**) made "使得"是不完全及物動詞,接形容詞片語wary…sea作受詞補語。continued "繼續",stayed "止住",caused "致使"都是完全及物動詞,不需接受詞補語。

Test 44 詳 解

Mind and body <u>work</u> *together*. Poor physical condition will lower your
mental <u>efficiency</u>.
　　　　　　2

" 身心是一起工作的。不良的身體狀況會減低你心智的效率。"

physical〔 ′fɪzɪkl̩ 〕*adj.* 身體的　　　clutch〔 klʌtʃ 〕*vi.* , *vt.* 抓緊
stick〔 stɪk 〕*vt.* 刺；伸出　*vi.* 黏住；不分離
stuck〔 stʌk 〕　stick 的過去式和過去分詞
affection〔 ə′fɛkʃən 〕*n.* 愛；愛好　　affectation〔 ,æfɪk′teʃən 〕*n.* 假裝

1. (**B**)　get together " 聚集 "；clutch " 抓緊 " 作不及物動詞，須和介詞 at
　　　連用；stuck 應改爲現在式 stick，因本文是敍述一般的事實。且上述
　　　三字皆不合句意。

2. (**B**)　(A) 安慰　　(B) 效率　　(C) 愛好　　(D) 假裝

In preparing for an examination, <u>observe</u> the common-sense rules *of*
　　　　　　　　　　　　　　　3
health. Get sufficient sleep and rest, eat proper foods, plan recreation
and exercise.

" 在準備考試之時，遵守健康的常規。有充分的睡眠和休息，吃適當的食物，並且
安排娛樂和運動。"

* In … examination 是副詞片語，修飾 observe，表時間。本段的四個祈使句，
　皆省略主詞 You。plan … exercise 之前本來有 and，以連接三個祈使句，但因
　表示緊湊，一氣呵成，而將 and 省略（詳見文法寶典 P. 465 ）。

　　observe〔 əb′zɝv 〕*vt.* 遵守；觀察　　sufficient〔 sə′fɪʃənt 〕*adj.* 充分的
　　common-sense〔 ′kɑmən′sɛns 〕*adj.* 常識的

3. (**A**)　(B) watch " 注意；監視 "，不合句意。(C)(D)套入句中，皆不成完整的句子。

In relation to health and examinations, two cautions are in order. Don't
4

miss your meals *prior to an examination in order to get extra time for study*.

「關於健康和考試，有兩種警告是適當的。不要爲了得到些額外的讀書時間，而就誤了你在考試前的吃飯。」

* In … examinations 是副詞片語，修飾其後的句子。*in order* "適當的"，作主詞補語。prior … examination 是形容詞片語，修飾 meals，是由形容詞子句 which are prior … 簡化而來的（詳見文法寶典 P. 457）。in order … study 是副詞片語，修飾 miss，表目的。

　　in relation to 關於（詳見文法寶典 P.446）

　　caution〔'kɔʃən〕*n.* 警告；小心　　　extra〔'ɛkstrə〕*adj.* 額外的

4. (D)　despite "儘管"，不合句意（詳見文法寶典 P. 532）。hopefully "希望地" 是副詞，不能修飾其後兩個名詞。as a result of "由於"，接名詞時，of 不可省略。

Likewise, don't miss your regular sleep *by sitting up late to "cram"*
5　　　　　　　　　　　　　　　　　　　　　　　　6
for the examination.

「同樣地，不要爲了考試，熬夜「拼命強記」，而就誤你的正常睡眠。」

* Likewise 是副詞，修飾全句。by … examination 是副詞片語，修飾 miss，表方法，其中 to "cram" … examination 是副詞片語，修飾 sitting，表目的。

　　likewise〔'laɪk‚waɪz〕*adv.* 同樣地（詳見文法寶典 P. 469）

　　cram〔kræm〕*v.* 拼命強記；填塞

5. (C)　consequently "結果"，however "然而"（詳見文法寶典 P. 472，475），都不合句意。as the result 是 as a result of "結果" 之誤，亦不合句意。

6. (A)　「by ＋動名詞」表方式或方法，作「藉～；以～；由於～」解（詳見文法寶典 P. 568）。at, with, on 皆不符句意。

Cramming is an attempt *to learn in a very short period of time* **what**
7
should have been learned through regular and consistent study.
8

"拼命強記是想在極短的時間內，學得要經由正常而持續的研讀，才能得到的東西。"

*「should＋have＋過去分詞」，表應做而未做，本句是用被動語態（詳見文法寶典P. 311）。

regular〔ˈrɛɡjələ〕adj. 正常的　　skip〔skɪp〕vt. 跳讀；跳躍
consistent〔kənˈsɪstənt〕adj. 經常不變的；一致的
skim〔skɪm〕vt. 草草閱讀

7.（ B ）　craming 是 cramming 的錯字。skip 和 skim 均為及物動詞，因此改為動名詞時，仍須接受詞。且應拼為 skipping 和 skimming。

8.（ C ）　(A)(B)(D)均不合上述 should 的用法。

Not only are these two habits harmful to health, **but** (*also*) *seldom* do they pay off *in terms of effective learning*.
9

"這兩種習慣不僅對健康有害，而且就有效學習的觀點而言，它們是很少有收穫的。"

* Not only … but (also) 是對等連接詞，連接兩個子句。因皆有否定詞 not，seldom 置於句首，故 be 動詞或助動詞與主詞倒裝（詳見文法寶典 P. 629）。

pay off 有收穫；有補償　　**in terms of** 就～之觀點

9.（ C ）　pay away " 付掉 "；pay out " 償還；報復 "；pay in " 把（錢）存入銀行 "。

It is likely that you will be *more* confused **than** better *prepared on the* 10
*day of the examination **if** you have broken into your daily routine by missing your meals or sleep.*

"假如你因為就誤了吃飯或睡覺，而打斷你日常的規定，可能考試那一天，你會茫無頭緒，而沒有妥當的準備。"

* It is likely that＝Probably。than 引導省略 you will be 的副詞子句，修飾 more，表比較（詳見文法寶典 P. 503）。on … examination 是副詞片語，修飾 be。if 引導的副詞子句，修飾 be，表條件；其中 by … sleep 為副詞片語，修飾 broken，表方法（by＋動名詞，表方法，詳見文法寶典 P. 568）。

10.（ C ）　than you will be better prepared 之中，prepared " 有準備的 " 是形容詞，作主詞補語。(A) be prepare，則動詞重覆。(B) be preparing 為進行式，則和前面時式不一致。(D)並沒有 will be to prepare 的用法。

Test 45 詳 解

A good teacher is many things *to many people*. I suppose everyone has his definite ideas *about **what** a good teacher is*.
1

"對很多人來說，好老師是很重要的。我想每個人對怎樣是好老師，都有明確的看法。"

* what 是複合關係代名詞，引導名詞子句，作 about 的受詞；what 在子句中又作主詞補語。

  thing〔θɪŋ〕*n.* 重要的事物（nothing 無關緊要的事物，something 重要的事物）

1.（**D**）(A) how 是關係副詞，沒有代名作用，在子句中不能做補語。
　　　(B) 關代 that 不能作介系詞的受詞，且缺少先行詞。
　　　(C) 用 who 則意爲"一個好的老師是誰"，句意不合。

*As I **look** back on my own experience*, I find the teachers ***that** I respect*
2
and think about the most are those ***who** demanded the most **discipline** from*
3
their students.

"當我回顧自己的經歷，發現我最尊敬、最常想到的老師，是那些對學生要求最嚴格的老師。"

　　　look back 回顧　　　demand〔dɪˈmænd〕*vt.* 要求
　　　discipline〔ˈdɪsəplɪn〕*n.* 紀律

2.（**C**）這題考時式和動詞片語。主要子句的動詞 find 是簡單現在式，副詞子句的時式應該一致（詳見文法寶典 p.354）。(B) 過去式，(D) 過去進行式，均不合。(A) figure 作不及物動詞，意爲"計算；料想"，且沒有 figure back 的用法。

3.（**D**）這題考拼字，(A)(B)(C)都是錯誤的拼法。

I think of one teacher *in particular* ***that** I had in high school*. I
4

think he was a good teacher *because he was a very strict person.* He *just*

tolerated no kind of nonsense *at all in his classroom.*
‾‾‾‾‾‾‾‾‾
5　　　　　　　　　　　　　6

　　"我特別想念我的一位高中老師。因為他是個很嚴格的人,所以我認為他是個好老師。在課堂上,他一點也不容忍胡鬧。"

　　　　in particular 特別地(= particularly)

4.(B) (A) peculiar〔pɪ'kjuljɚ〕*adj.* 奇異的
　　　　(C) curio〔'kjʊrɪ,o〕*n.* 古玩　(D) curiosity〔,kjʊrɪ'ɑsətɪ〕*n.* 好奇心

5.(C) 這題考用字和時式,因為是過去發生的事,故應用過去式。
　　　　(A) endure〔ɪn'djʊr〕*vt.* 忍耐;忍受,時式不合,且 endure 是指長時間忍受痛苦或不幸,亦不適用於本句。
　　　　(B) 沒有這個字。　　　　　　(C) *tolerate*〔'tɑlə,ret〕*vt.* 容忍
　　　　(D) toil〔tɔɪl〕*vt.* 以苦工完成工作,意思與時式均不合。

6.(A) (A) *at all* 全然,前面常有否定詞 not, no 等,表示" 一點也不 "。
　　　　(B) after all 畢竟
　　　　(C) in all 合計
　　　　(D) to all 對所有的人

I remember *very vividly* a sign *over his classroom door.* It was a simple

sign [*that* said, " laboratory — in this room the first five letters of the
　　　　　　　7
word are emphasized, not the last seven."] *In other words,* labor *for him*
‾‾‾‾‾‾‾‾‾　　　　　　　　　　　　　　‾‾‾‾‾　　　　　9
8
was more important than oratory.
　　　　　　　　　　‾‾‾‾‾‾‾
　　　　　　　　　　10

　　"我記得很清楚,他的教室門上有一張牌子。那是張簡單的牌子,上面寫著:「研究室——在這個房間裏,著重這個字的前五個字母(努力),而不是後七個字母(雄辯)。」換句話說,對他而言,努力比雄辯重要。"

vividly〔ˈvɪvɪdlɪ〕*adv.* 清楚地　　laboratory〔ˈlæbrə,torɪ〕*n.* 研究室
in other words 換句話說　　labor〔ˈlebɚ〕*n.* 工作；努力
oratory〔ˈɔrə,torɪ〕*n.* 雄辯；修辭

7.（**C**）　say, tell, talk, speak 中，只有 say 後面可接直接引句（詳見文法寶典 p.299）。

8.（**D**）　主詞是 letters,故動詞要用複數，且爲被動語態，故選 are emphasized。
(A) → are stressed, stress〔strɛs〕*vt.* 著重　　*n.* 強調
(B) → are put stress on
(C) → are emphasized

$$\left\{\begin{array}{l} \textit{lay emphasis on} \quad \text{"強調"} \\ = \text{put emphasis on} \\ = \text{place emphasis on} \end{array}\right. \quad \left\{\begin{array}{l} = \text{lay stress on} \\ = \text{put stress on} \\ = \text{place stress on} \\ = \text{emphasize} \end{array}\right.$$

9.（**B**）　*in other words* 是慣用語，其他字沒有這種用法。
(D) 有關 hand 的慣用語是 on the other hand　"另一方面"

10.（**D**）　(A) 吸收（是動詞）　　(B) 圖書館
(C) auditory〔ˈɔdə,torɪ,-,torɪ〕*n.* 聽衆

Test 46 詳 解

Although milk is an important part of our everyday diet, cows give

milk *in the first place to feed to their calves.*

　　" 雖然牛奶是我們日常飲食中重要的一部分，但是母牛產牛奶，首先是要餵牠
們的小牛 。"

* ***** Although … diet 是副詞子句，修飾 give，表讓步 。to feed … calves 是不
　　定詞片語當副詞用，修飾 give，表目的 。

　　　　diet〔′daɪət〕*n.* 飲食　*in the first place* " 首先 "
　　　　calf〔kæf,kɑf〕*n.* 小牛 (複數為 calves)

Usually a cow has her first calf *when she is about two years old.* After

calving, a cow gives milk *for about 300 days* **and** *during this time* she

will give a total of about 900 galons *before she runs dry.*

" 通常母牛在兩歲左右生第一隻小牛 。產下小牛後，母牛大約產奶三百天 。而在牠
奶流完以前的這段期間，總產量將近九百加侖 。"

　　　　calve〔kæv,kɑv〕*v.* 產(犢)
　　　　gallon〔′gælən〕*n.* 加侖

1. (**D**) 表時間的副詞子句，用 when 來引導；其他答案均不合 。

2. (**A**) and 是表累積的對等連接詞，連接兩對等子句 。(B) but 是表反義的連接詞，
　　(C) for 是解釋性的連接詞，均不合句意 。(D) since 是表原因的從屬連接詞，
　　句意、文法均不合 。

3. (**B**) (A) 走　　　　(B) 流　　　　(C) 做　　　　(D) 使

The following year she will have <u>another</u> calf **and then** <u>continue</u> to give

milk *again, as before.*

"翌年她又會生一隻小牛,然後會像以前一樣繼續再產牛奶。"

　　* and 連接兩個對等子句,第二個子句中,省略了和前面相同的助動詞will。

4.(**C**) another = one more（詳見文法寶典 p.140）

　　　　(A)(B) 均意爲 " 一 " 　　(D)（二者之中的）另一個

5.(**C**) (A) 試圖　　　(B) 停下來　　　　(C) 繼續　　　　(D) 停止

Modern breeds *of dairy cattle now* give *more* milk *than their calves need,*

6

so there is *always* plenty for human consumption.

7

" 現代品種的乳牛,目前產的牛奶超過牠們的小牛所需,因此一直有大量牛奶供人類消耗。"

　　* than … need 是形容詞子句,修飾milk。

　　　　breed〔brid〕 *n.* 種　　dairy cattle " 乳牛 "

6.(**B**) (A) 有　　　(B) 需要　　　　(C) 遊戲　　　　(D)能（產）

7.(**D**) (A) moderation〔ˌmɑdə'reʃən〕 *n.* 適度

　　　　(B) recreation〔ˌrɛkrɪ'eʃən〕 *n.* 娛樂

　　　　(C) assumption〔ə'sʌmpʃən〕 *n.* 假定

　　　　(D) *consumption*〔kən'sʌmpʃən〕 *n.* 消耗

Young calves are given some of their mothers' milk *but* they are *also*

8

given milk *made from milk powder. As soon as possible* they are given

9　　　　　　　　　　　　　　　　　　　10

solid foods such as concentrates, hay *or* grass.

"人們讓小牛喝母牛的奶,但也給牠們喝奶粉沖的牛奶。而且儘早給牠們固體的食物,例如濃縮物、乾草或靑草。"

　　　　as ~ as possible = as ~ as one can " 儘量 "

　　　　concentrate〔'kɑnsṇˌtret〕 *n.* 濃縮物　　hay〔he〕 *n.* 乾草

8.(**B**) (A) 沒有,由 also 可知是錯誤的。 (C) 全部,由於 but 是表反義的連接詞,故知不是 " 全部 " 。 (D) → lots 或 a lot 。

9.(**A**) (A) 牛奶　　(B) 乾草　　(C)靑草　　　(D)肉

10.(**D**) (A) 儘量好　(B) 儘量好　(C) 儘量快（指運動、動作）　(D)儘量早

Test 47 詳 解

A thundershower *lasting for two hours yesterday temporarily* relieved a six-month long drought *in the Kaohsiung area.*
　　　　　　　　1

"昨天持續兩小時的一場雷雨,暫時解除了高雄地區長達六個月的久旱。"

　　thundershower〔'θʌndɚ,ʃʊɚ〕*n.* 雷雨

1.(**A**) (A) *drought*〔draʊt〕*n.* 久旱　　(B) draft〔dræft〕*n.* 通風
　　　　　　(C) drift〔drɪft〕*n.* 漂流　　(D) draught〔dræft〕= draft

The Taiwan Water Company *also* announced *yesterday* an indefinite postpone-
　　　　　　　　　　　　　　　　　　　　2
ment *of a second stage of water rationing originally scheduled to begin*

today.

"台灣自來水公司昨天也宣布,將原定今天開始的第二階段限制供水,延到不確定的日期。"

　　* originally…today 是形容詞片語,修飾 rationing。

　　　postponement〔post'ponmənt〕*n.* 延期
　　　rationing〔'reʃənɪŋ〕*n.* (限制)配給

2.(**D**) (A) 一個限制
　　　　(B) 限制的
　　　　(C) indefinable〔,ɪndɪ'faɪnəbl̩〕*adj.* 無法下定義的
　　　　(D) *indefinite*〔ɪn'dɛfənɪt〕*adj.* 不明確的

The sky was dark *and* cloudy *in Kaohsiung City as* the day broke.
　　　　　　　　　　　　　　　　　　　　　　　3
Local residents all had a forewarning (*that*) it was going to rain. *At*

around 10:00 it began raining. *Soon* it was raining cats and dogs.
　　　　　4　　　　　　　　　　　　　　　　　5

"天剛亮的時候，高雄市的天空烏雲密佈。當地居民都有預感要下雨了。十點左右，天開始下雨了。很快就大雨傾盆了。"

> resident 〔'rɛzədənt〕 *n*. 居民
> forewarning 〔for'wɔrnɪŋ, fɔr-〕 *n*. 事先之警告

3.（ **B** ）表示"破曉"的動詞要用 break 或 dawn。
　　　(A) 變亮　(C) 開始　(D) 發起；創造（沒有不及物動詞的用法）

4.（ **C** ）中文裏的"天開始下雨"，天是指"天氣"，而非"天空"，要用非人稱的 it（詳見文法寶典 p. 111），故不能用 sky 做主詞。(D)沒有意義。(C) it began raining 也可說 it began to rain。

5.（ **B** ）*rain cats and dogs* "傾盆大雨"是固定用法的成語，cats 和 dogs 都用複數，且 cats 在前，dogs 在後。

Although passers-by were forced to take cover, they were all pleased,
⎯⎯⎯⎯⎯⎯6⎯⎯⎯⎯⎯⎯
saying the rain had come *in the nick of time*.
⎯7⎯

"儘管路人們被迫避雨，他們都很高興，說雨來得正是時候。"

> * saying … time 是分詞構句，表附帶的狀態，可改爲對等子句 and said …
> （詳見文法寶典 p.460）。

>> *take cover* "躲避"
>> ⎧ *in the nick of time* "正是時候"
>> ⎩ = *just in time*

6.（ **D** ）passer-by "路人"是複合名詞，變成複數形時，要將其主要字改爲複數（詳見文法寶典 p.79）。

7.（ **A** ）(B) say 缺少連接詞，且時式不對。　(C) → and said
　　　(D) 不定詞片語可表目的、理由、條件、結果、原因，均不合乎句意，且其間不應用逗點分隔。

It was the first noteworthy rainfall *within half a year in this southern port*
⎯⎯⎯⎯8⎯⎯⎯⎯
city. *As a result*, the originally scheduled water restrictions were cancelled.

"這是這個南部港市半年來第一場顯著的降雨。因此原定的供水限制被取消了。"

* within half a year 和 in this southern port city 是副詞片語，修飾 was。

> noteworthy〔'not,wɜðɪ〕*adj.* 顯著的；值得注目的
> port〔port, pɔrt〕*n.* 港口　　***as a result*** "因此"

8.（**B**）(A)(C)(D)均無此種拼法。

9.（**C**）這題要用被動語態，所以選(C)的 be + p. p.。

<u>Starting</u> from 9:00 this morning, the water supply ⎡*to swimming pools*
　　 10
and fountains ⎤ will be resumed, *together with irrigation of trees **and** flowers*

on streets.

"從今天早上九點開始，將恢復游泳池與噴水池的供水，和街上花樹的澆灌。"

* 本句是分詞構句，可改爲對等子句 The water supply to swimming pools and fountains will start from…morning, and it will be resumed, together…streets（詳見文法寶典 p.459）。together with…street 是副詞片語，修飾主要子句。

> fountain〔'fauntn̩,-tɪn〕*n.* 噴泉
> resume〔rɪ'zum,-'zɪum,-'zjum〕*vt.* 再開始
> irrigation〔,ɪrə'geʃən〕*n.* 灌漑

10.（**D**）見文法說明。
　　(A) 以動詞起首，爲祈使句，句意不合，且兩個子句缺連接詞。
　　(B) 置於句首的不定詞片語表目的或條件，在此句意不合。
　　(C) 過去分詞爲首的分詞構句表被動，不合句意。

Test 48 詳 解

Six feet __tall__ and weighing between 400 and 500 pounds, a grown male go-
　　　　1
rilla is 10 to 14 times *as* powerful *as the strongest man.*

「一隻成熟的公的大猩猩身長六呎，重量在四百到五百磅之間。牠的力量是最
強壯的人的十到十四倍大。」

* Six feet tall…500 pounds 是省略了 Being 的分詞構句，可視爲由表原因
  的副詞子句 Since a grown male gorilla is six feet tall and weighs…
  簡化而來。倍數的表示法：～ times as $\begin{Bmatrix} adj. \\ adv. \end{Bmatrix}$ as … “是…的～倍”
  （詳見文法寶典 p.182）。

  weigh〔we〕*vi.* 重（若干）　　gorilla〔gəˊrɪlə〕*n.* 大猩猩

1. (**B**)　tall 可用以指身高、物高。
   (A) high 指物的高，如 The tower is forty feet high. (這塔高四十呎。)
   (C) round 圓的，句意不合。
   (D) long 指距離、長度的長，不用以指高度。

Standing up, thick arms flung to the sky, he seems much like King Kong,
　　2
the super gorilla of the movies.
「牠站直的時候，粗壯的手臂甩到空中，像極了電影裏的超級大猩猩「金剛」。」

* Standing up 是分詞構句，可視爲由表時間的副詞子句When he stands up
  簡化而來。thick arms flung to the sky 是獨立分詞構句，可視爲由對等
  子句 and his thick arms are flung to the sky 簡化而來。

2. (**A**)　空格後有一完整的子句 he seems …用逗點分隔開，所以句首應該用分詞
   來形成分詞構句。這個分詞構句的主詞是 he，站著時應該是主動的，所以
   用現在分詞 standing。
   (B) 用 Stand 則成爲祈使句，句意不合，且缺少連接詞。
   (C) 應改爲現在分詞。
   (D) To stand up 爲表目的的副詞片語，句意不合。

But we have learned *that* gorillas would rather use their power and frightening display *to avoid trouble, not to make it.*
3

「但是我們知道，大猩猩寧可用牠們的威力，並展現嚇人的樣子，來避免麻煩，而不是要製造麻煩。」

* to avoid trouble, not to make it是不定詞片語當副詞用，修飾use，表目的。not省略了and（and的省略詳見文法寶典p.649）。

display〔dɪ′sple〕 *n.* 展示

3.（ **B** ）(A) and 意為「並且製造麻煩」
(C) but 意為「但是製造麻煩」
(D) only意為「只是製造麻煩」，均不合句意。

Their government is simple. Each tribe has a male boss, *who is more*
4
or less undemanding.

「猩猩的政府很單純。每個群體有位公的首領，這首領不大要求什麼。」

undemanding〔,ʌndɪ′mændɪŋ〕 *adj.* 無要求的

4.（ **D** ）「猩猩的政府」指全體猩猩，而不是一隻猩猩，所以要用複數代名詞 their。

Sometimes the boss does assert his right *to the choicest food, the favorite companion, or the driest spot when it is raining.*
5

「有時候首領確實會維護牠的權利，以得到最好的食物，最喜愛的同伴，或是在下雨的時候有最乾燥的地方。」

* does是用來加強語氣。when it is raining是副詞子句，修飾省略了的assert。

assert〔ə′sɝt〕 *vt.* 維護

5.（ **C** ）(A) 用whether 意為「是否下雨」，句意不合。
(B) where 為關係副詞，引導形容詞子句修飾 spot，意為「最乾燥的下雨的地方」，句意不合。
(D) 用why 意為「為什麼下雨」，句意不合。

In general, **_however_**, he leaves the others well alone.
　　　　　　　 6

"不過一般說來，牠一點都不管別人。"

　　* In general "一般說來"是副詞片語，修飾 leaves。however 是轉承語，
　　　連接上面的句子，可放在句首、句中或句尾。

　　　　leave** sb.* ***alone "不干涉某人"
　　　　well〔wɛl〕*adv.* 完全地

6.（**C**）(A) yet 作「但是」解時為連接詞，而空格中應填副詞。
　　　　(B) instead「相反地」句意不合。
　　　　(D) accordingly「因此」句意不合。

Intelligence and a way *for getting along* seem to count *as* much *as* strength
*in deciding **who** becomes — and **remains** — ape-king.*
　　　　　　　　　　　　　　　　　8

"在決定誰成為，並且繼續當猩猩王的時候，智慧和處世的作風，似乎和體力一樣
重要。"

　　　　　　count〔kaʊnt〕*vi.* 有重要性
　　　　　　ape-king〔'ep,kɪŋ〕*n.* 猴王

7.（**D**）***get along*** "相處"
　　　　(A) go along "前進"　　　　　(B) come along "來"
　　　　(C) run along "跑來"，均不合句意。

8.（**B**）remain + { n.
　　　　　　　　　　　 adj.　"繼續；保持"
　　　　　　　　　　　 Ving.
　　　　(A) keep 作"繼續；保持"解時，後面只能接形容詞或現在分詞；keep
　　　　　　後面若接名詞則為及物動詞，意為"飼養；保存"等，句意不合。
　　　　(C) retain "保有"，句意不合。
　　　　(D) make "使做"，句意不合。

As long as the old king holds his job, his subjects turn to him *to decide*
9
everything — when to search for food or where to camp, *for instance.*
10

"只要老王在位，牠的臣民就要依賴牠決定一切——例如什麼時候去找食物，到那
裏居留。"

＊長劃引導附加全句意義的語句。when to search for food 和 where to
camp 是疑問副詞加不定詞，等於名詞片語（詳見文法寶典 p.241）。

subject〔'sʌbdʒɪkt〕*n.* 臣民

camp〔kæmp〕*vi.* 紮營；居留

9.（**D**）*turn to* "求助於"

(A) turn on "打開"，句意不合　(C) turn for　(C) turn at 均無此用法

10.（**A**）*for instance* "例如"

Test **49** 詳 解

What is it *that* a teacher most wants *in his students*? Attentiveness?
      ‾1‾
A good memory? Diligence?

　"老師究竟最希望學生怎樣？專心聽講？記憶力好？用功？"

　attentiveness〔əˊtɛntɪvnɪs〕 *n*. 注意

1.（**C**） that … students 爲形容詞子句，先行詞爲 what，what 爲疑問代名詞，
　　　在句中當補語，因此本句缺少主詞。而動詞 is 是單數，所以主詞用單數。
　　　(D) that 是指示代名詞，前面並無所指，不可選。故選(C)的 it, 而形成 It
　　　is…that 的強調句型，其公式爲 **It is＋所強調的部分＋ that ＋其餘部分**
　　　（詳見文法寶典 p. 115）。本句強調的部分是未知的 what，所以用問句形式
　　　What is it that … ?

Certainly these are the qualities *commonly associated with a "good student"*
                                                              ‾2‾
in the popular mind.
   ‾3‾
　"當然，這些特質是一般人心目中常和「好學生」聯想在一起的。"

2.（**B**） *associate* A *with* B　"把 A 和 B 聯想在一起" 改成被動爲 A *be asso-*
　　　ciated with B。此處 commonly associated with…mind 是由 which
　　　are commonly associated with with…mind 省略而來的分詞片語，當
　　　形容詞用，修飾 qualities。

3.（**A**）(A) *popular* 一般的　(B) proper 適當的　(C) inner 內在的
　　　(D) educated 受過敎育的，根據句意應選(A)。

And, *certainly*, *too*, these are the qualities *that most contribute to teacher*
                                                                          ‾4‾
comfort.
　"這些特質當然也是最令老師欣慰的。"

＊ 題句 teacher comfort 改爲 a teacher's comfort 較佳。

contribute to " 助於；促成 "

4.（**A**） that 是關係代名詞，引導形容詞子句，修飾先行詞 qualities，在子句中
又作主詞。因爲主要子句的動詞是現在式，qualities 爲**複數**，故形容詞
子句的動詞要用現在式複數形。

But the best student *I ever had,* the one *I remember the most wistfully,*
　　　　　　　　　　　　　　　　5

was a talkative, lazy day-dreamer.

" 但是我所見過的最好的學生，最令我懷念的，是個愛講話的,懶惰的幻想家。"

＊ the one ⋯ wistfully 是 student 的同位語。

wistfully 〔'wɪstfəlɪ〕*adv.* 渴望地

5.（**B**） 空格後的形容詞子句有限定作用，因此要定冠詞 the，又因爲 student 是
單數的，所以填 the one。

Sometimes he turned assignments in *late, and* a few he *never* got around
　　　　　　　　　　　　　　　　　　6　　　　　　　　　　　7

to doing *at all*.

" 有時候他遲交作業，而有的作業他根本從不找時間去做。"

＊ a few ⋯ all 是受詞放在句首的倒裝句，用以強調受詞，原句應爲 he never
got around to doing a few at all.（詳見文法寶典 p.635）

turn～in " 交出～ "

6.（**D**） 根據上句說這個學生**懶惰**，故應該是遲交作業。則(A)(C)句意不合。
(B) behind 作 " 落後 " 解時，多爲副詞轉作形容詞的用法,如He is behind
in his work. 而不作純粹的副詞，修飾動詞。

7.（**D**） ***get around to*** ＋（動）名詞 " 找時間去做～ "

(A) gave (C) sent 均無此用法。(B) look around " 到處觀看 "，句意不合。

Actually, my admiration *for him* was ironic, ***because*** I have never liked the
　　　　　　　　　　　　　　　　　　　　　　　　　　　8

name Ronald, ***which*** *suggests to me the assumed name of a movie star.*
__9__
But he made one whole year *of my teaching experience* a delight.
10

"實際上，我對他的稱讚只是諷刺，因爲我從沒喜歡過隆納德這個名字，它讓我想
起一位電影明星的化名。但是他使我一整年的教學經驗很愉快。"

* because … star 是副詞子句，修飾動詞was，表原因；其中which … star
  是補述用法的形容詞子句，用以補充說明 Ronald。a delight 爲受詞補語。

  ironic〔aɪ'rɑnɪk〕*adj.* 諷刺的　　suggest〔sə'dʒɛst〕*vt.* 使想到
  assumed〔ə'sumd, ə'sjumd〕*adj.* 假裝的
  assumed name "化名"

8.（**C**）(A) so 所以　(D) though 雖然，均不合句意。(B) still "仍然" 爲副詞，句
  意、用法均不合。

9.（**B**）空格前有逗點，因此後面是補述用法的形容詞子句，先行詞 the name
  Ronald 非人，因此關代用 which。
  (A) who 先行詞爲人 的名字，故不合　(C) what　(D) that 均不可用以引導
  補述用法的形容詞子句。

10.（**A**）　teaching experience "教學經驗"

Test 50 詳解

Incoming messages are examined **and** compared *one by one* with
past experiences *which have made patterns in the brain*.

"進來的訊息被檢查，而且逐一被拿來和過去的經驗相比較，那些經驗已經在腦中建立了模式。"

* one by one 和 with …brain 為副詞片語，共同修飾 compared；其中 which … brain 是形容詞子句，修飾 experiences。

   incoming〔'ɪnˌkʌmɪŋ〕*adj.* 進來的
   be compared with " 與～比較 "

1.（ **C** ） ***one by one*** " 逐一地 "
   (A) one and one " 一加一 " 不可當副詞　(B) one to one " 一對一 "
   (D) 無此片語

Directions are sent *to all parts of the body*, **which** then act as a result
of the incoming messages.

"命令被送達至身體的各部分，因此，這些命令就成為新訊息的結果。"

* to … body 是副詞片語，修飾 sent。which 引導補述用法的形容詞子句，補充說明先行詞 directions。

   act as " 充當 "

2.（ **A** ） 關係代名詞中，who 與 which 可用於補述用法，that 和 what 則不可。
   （詳見文法寶典 p. 152）；用 which 指事物，用 who 指人。this 是指示代名詞，使句子缺少連接詞，且為單數，不合文法。

What is <u>more</u>, **while the brain is handling these messages**, it is also
recording them *in the memory system*.

"而且，當腦正在處理這些訊息時，也同時將它們記錄在記憶系統裏。"

　　* while … message 是副詞子句，in … system 是副詞片語，共同修飾 re-cording，分別表時間和地方。

3.（ C ） *what is more* "而且"是一種固定形式的慣用語，不能用其他三者。

The brain will *then* be able to compare future experiences *with these*
　　　　　　4
stored messages.

"然後，腦子就能將未來的經驗和這些被儲藏的訊息相比較。"

　　* with … messages 是副詞片語，修飾 compared，其中 stored 是過去分詞，作形容詞，修飾 messages。

4.（ D ）(A) 最初　　(B) 最後　　(C) 最後　　(D) 然後
　　　　　(A)(B)(C)與句意不合。

For many years, thousands of men have devoted their time *to*
　　5　　　　　　　　　　　　　　　　　　　　　　　　　　6
discovering the secrets *of how the brain does its work.*
　　　　　　　　　　　　　　　　　　　　　7

"多年來，數以千計的人已將時間投注於找出有關人腦如何運作的祕密。"

　　* For … years 是副詞片語，修飾 devoted；of … work 是形容詞片語，修飾 secrets；其中 how … work 是名詞子句，作 of 的受詞。

5.（ A ）(A) *for many years* 多年來　　(B) before many years 不到幾年
　　　　　(C) after many years 多年後　　(D) of many years 多年的
　　　　　(B)(C)與句意不合，(D)爲形容詞片語，不可修飾 devoted。

6.（ D ）*devote* ＋～＋ *to* ＋ *V-ing* 或 *be devoted* ＋ *to* ＋ *V-ing* "致力～；專心致力於～"，不可用其他的介系詞。

7.（ D ）子句的主詞 the brain 是單數形，人腦運作的方式並沒有改變或停止，故動詞用第三人稱單數現在式的(D) does。

Thousands *more* have looked for methods *of helping people whose*

brains do not work properly. *In spite of all these careful efforts,*
8

the brain <u>still</u> remains a mysterious organ.
9

" 還有更多的人已經在找一些方法 ，來幫助那些腦部不能正常運作的人 。儘管做
了這一切周密的努力 ，但腦仍是個神祕的器官 。"

   * of … properly 是形容詞片語 ，修飾 methods ；其中 whose 引導形容詞子
    句 ，修飾 people 。In … efforts 是副詞片語 ，修飾 remains ，表讓步 。

     mysterious〔mɪsˈtɪrɪəs〕 *adj.* 神祕的
     organ〔ˈɔrgən〕 *n.* 器官

8. (**C**) (A) because of 因為   (B) besides 除～之外
     (C) *in spite of* 儘管   (D) in addition to 除～之外（＝besides）

9. (**B**) (A) 再次   (B) <u>仍然</u>
     (C) 還（多用於否定句中）   (D) 最後

There *still* are *more* <u>unanswered</u> questions *about the brain* *than*
10

about any other organ *in the human body.*

" 有關腦部方面未解決的疑問 ，仍比人體內其他器官要多 。"

   * than 引導省略了 there are unanswered questions 的副詞子句 ，修飾
    more ，注意 ：不可將 than 之後的 about 省略 ，否則變成前面的 unan-
    swered questions 和 any other organ 比較 ，兩者不同類（詳見文法寶典
    p.208 ）。因為 brain 也在體內 ，故比較時要用 any other 將本身除外 。

10. (**B**) (A) answered〔ˈænsəd〕 *adj.* 回答的
     (B) *unanswered*〔ʌnˈænsəd〕 *adj.* 未被回答的
     (C) unessential〔ˌʌnəˈsɛnʃəl〕 *adj.* 不必要的
     (D) solvable〔ˈsɑlvəbḷ〕 *adj.* 可解決的

Test 51 詳 解

Doctor Benson started the car quickly *and* the wind closed the
door *with a loud noise*. He put the pistol *back into the leather*
holster *under the seat* *and* hurried on.

　　"班森博士很快地發動車子,而風砰一聲地把門關上。他把手鎗放回座位下
的皮套中,並且匆忙上路。"

　　* with a loud noise 是副詞片語,修飾 closed 。under the seat 是形容
　　詞片語,修飾 holster 。

　　　pistol〔′pɪstḷ〕*n.* 手鎗　　　holster〔′holstɚ〕*n.* 手鎗皮套

1.（ **C** ）(A) 快速的,(B) 緩慢的,爲形容詞,不能修飾動詞。(D) 緩慢地,不合
　　句意。

2.（ **A** ）*under the seat* "在座位下面的",(B) 座位周圍的,(C) 朝著座位的,
　　(D) 沿著座位的,皆不合句意。

The drive *up the mountain* *to the Sorley farm* was *less* difficult
than he had feared and Ott Sorley had sent one of his older boys
down the road with a lantern to help him *across the old wooden*
bridge *that led up to the little farm house*.

　　"開車上山到索爾利農場沒有像他所擔憂的那麼困難,而且奧特・索爾利派
了一個較大的兒子提著燈籠沿路下來,以協助他越過通到小農舍的老木橋。"

　　* up the mountain 和 to the Sorley farm 都是形容詞片語,修飾
　　drive 。than 引導副詞子句修飾 less 。down the road 是副詞片語,

修飾 sent，with a lantern 是形容詞片語，作受詞 one 的補語。across the … house 是形容詞片語，作受詞 him 的補語，其中的 that 是關係代名詞，引導形容詞子句，修飾 bridge。

3. (**B**) 前段已提到開車的人是 Doctor Benson，此處 drive 直接用(B)表特定即可，不須用(D) His。(A) Their 為複數形，更不合。如選(C) They，則 was 之前形成一獨立子句，不可作主詞，故不合。

4. (**D**) *down the road* "沿著路下來"。(A) for the road 為了路，(B) away the road 離開路，(C) back the road 朝著路，皆不合句意。

5. (**B**) *lead to* "通往"，to 表示「目的地；行程的終點」。其他介系詞均不合。

After <u>it</u> was all over, <u>finally</u>, Doctor Benson took out a
　　　　6　　　　　　　7

cigarette **and** sat down to smoke.

　"最後，路程結束後，班森博士拿出一根煙坐下來抽。"

　* After … over 是副詞子句，修飾 took，表時間。finally 是一個插入的副詞，修飾全句。

6. (**A**) it's all over "一切都結束了(過去了)" it 泛指某一件事，在此指 Doctor Benson 開始啟程一直到抵達農莊並安頓妥為止。(B) what 引導名詞子句，句意不合；(B)(C)以人為主詞，有"某人完了"之意，故不合。

7. (**D**) finally "最後"。(A) 因此，(B) 幸運地，(C) 後悔地，皆不合句意。

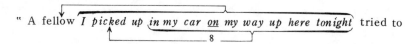

　"A fellow *I picked up in my car on my way up here tonight* tried to
　　　　　　　　　　　　　　　　8

rob me," he said to Ott, *feeling a little proud*. "He took my watch. *But*
　　　　　　　　　　　　　　　　9

when I pushed my 45 pistol into his side, he <u>decided</u> to give it *back to me*."
10

　　"今晚我在上來這裏的路上，載了一個像伙，他想搶我的東西，」他感到些許自豪地告訴奧特。「他搶走我的錶，可是當我把四五口徑的手鎗抵在他的腹側時，他就決定把錶還給我。」"

　　* I picked … tonight 是省略受格關代 whom 的形容詞子句，修飾 fellow；其中 in my car 和 on my way up here 是副詞片語，tonight 是副詞，共同修飾 picked 。But 是轉承語，連接前面的句子。when I … his side 是副詞子句，修飾 decided, 表時間 。

　　pick up " 中途搭載 "　　side 〔saɪd〕 *n*. 腹側

8. (**C**)　***on one's way*** " 在～途中 "　(A)(B)(D)皆不合用法。

9. (**B**)　feeling a little proud 是由對等子句 and felt a little proud 轉變而來的分詞構句表示附帶狀態, (A) 缺連接詞 and 。(C) 缺連接詞, 且時式不合 。(D) 不定詞可表目的、結果、理由、原因、條件, 在此句意不合 。

10. (**D**)　(A) 接受　　(B) unwillingly〔ʌnˈwɪlɪŋlɪ〕*adv*. 不情願地 / (缺少動詞)　(C) refuses〔rɪˈfjuzɪz〕*vt*. 拒絕(句意、時式不合)　(D) ***decided*** 決定

Test 52 詳 解

At that time the high-school entrance examinations were *just* <u>around</u>
                                              1

the corner, **and** I figured I'd get through them *all right*. I believed I

would <u>score</u> *high enough* *to qualify for a provincial high school*.
       2   3

"那個時候中學入學考試就在眼前，我想我會順利地通過。我相信我的分數一定
可以進省立中學。"

entrance examination "入學考試"
figure〔'fɪgjɚ, 'fɪgɚ〕*vt.* 想；認爲
get through "（考試）及格"　　provincial〔prə'vɪnʃəl〕*adj.* 省的

1. (**C**) **around the corner** "快來到；在轉角處"
   (A) in the corner "在角落"　　(B)(D)則無此用法。

2. (**C**) (A) get "得到；變成"　　(B) mark "加符號"
   (C) **score** "得到分數"　　(D) record "記錄"

3. (**A**) (A) **qualify**〔'kwɑlə,faɪ〕*vi.* 取得資格（與 for 連用）
   (B) competent〔'kɑmpətənt〕*adj.* 能幹的；勝任的
   (C) certify〔'sɝtə,faɪ〕*vi.* 證明；保證
   (D) eligible〔'ɛlɪdʒəbl̩〕*adj.* 合格的

Unfortunately, my name did not appear on the list *of successful*
<u>*examinees.*</u> This news was met <u>*with indifference*</u> *by my family except*
  4   5
Mother.

"不幸地，我的名字並沒有出現在上榜者的名單上。我的家人，除了母親以外，
都對這個消息漠不關心。"

> unfortunately 〔ʌn'fɔrtʃənɪtlɪ〕 *adv.* 不幸地
> indifference 〔ɪn'dɪfərəns〕 *n.* 漠不關心；不重視

4.（B） (A) nominee 〔‚nɑmə'ni〕 *n.* 被提名的候選人；被任命者
　　　　(B) *examinee* 〔ɪg‚zæmə'ni‚ɛg-〕 *n.* 應試者
　　　　(C) 團體中之成員。
　　　　(D) examiner 〔ɪg'zæmɪnə‚ɛg-〕 *n.* 主考者；檢查者

5.（C） *with indifference* "漠不關心地；冷淡地"

In our home, everyone <u>minded</u> his own business — no one had anything to

do with anyone else. *Only* Mother had something to say; she called me

to her bed, " I won't scold you, *but* I want you to make <u>something</u> of

yourself .... "

"在我們家裏，每個人管自己的事——大家彼此無關。只有母親有話要說；她把我
叫到她的床邊，說道：「我不會責備你，但是，我希望你能成大器…。」

> *have anything to do with* "與～有任何關係"
> scold 〔skold〕 *vt.* 責罵；責備

6.（D） (A) notice 〔'notɪs〕 *vt.* 注意；通知
　　　　(B) regard 〔rɪ'gɑrd〕 *vt.* 視爲；當作
　　　　(C) concern 〔kən'sɜn〕 *vt.* 關係；使關心
　　　　(D) *mind one's own business* "管自己的事"

7.（B） *make something of* "使～成大器"

I tried and tried to <u>figure out</u> what she meant <u>by</u> this, *finally* <u>realizing</u>

that she didn't want me to be *yet* another burden on Elder Brother, *for*

her illness was *already* a heavy burden to him.

"我一再試著去理解她這句話的含意，終於了解，她不要我成為大哥的另一個負擔，因為她的病對他來說，已經是個沈重的負擔了。"

* and 連接兩個 tried，表「重複」或加強語氣（詳見文法寶典 p.466）。what she … this 是名詞子句，做 figure 的受詞。finally realizing that … him 是由對等子句 and I finally realized that … him 簡化而來的分詞構句，表示和 tried and tried 動作的連續（詳見文法寶典 pp.459～460）。對等連接詞 for 在 that 子句中，連接兩個對等子句，第一個子句表結論，第二個子句則說明產生該結論的原因（詳見文法寶典 p.477）。

8.（**B**）(A) reason with＋*sb*. "向某人說理"
　　　　(B) *figure out* "理解；解決"
　　　　(C) see through "看透；貫徹"
　　　　(D) point out "指出"

9.（**A**）mean A *by sth*. "藉著某事來表達A"。
　　　　(B) mean A for *sb*. "打算將A給某人"，不合。(C)(D)則無此用法。

10.（**C**）選(C) realizing 的理由，請見本段的文法解析。
　　　　(A)是過去完成式，(B)是現在完成式，(D)則是現在式，三者與 tried and tried 的過去式不一致，故不合。

Test 53 詳解

Mexico, the largest nation *in the region*, provides a good example of life *in Middle America.* **Although** *Mexico is a large country,* <u>*only*</u> 12 percent

1

of its land is good for farming. <u>Another</u> 40 percent is grazing land. The

2

<u>rest</u> *of the land* is hills and mountains, dry, high plateaus, *or* wet coastal

3

regions.

　"墨西哥，中美洲最大的國家，提供了一個該地區生活的好實例。雖然墨西哥是個大國，但是其土地只有百分之十二適於耕作。另外百分之四十是很好的放牧地。其他土地則是丘陵和山地、又乾又高的臺地，或是潮濕的海岸區。"

> Mexico〔'mɛksɪ,ko〕*n.* 墨西哥　　region〔'ridʒən〕*n.* 地方；區域
> farming〔'farmɪŋ〕*n.* 農業；耕作　　grazing〔'grezɪŋ〕*n.* 放牧；牧場
> plateau〔plæ'to〕*n.* 臺地；高原　　coastal〔'kostl̩〕*adj.* 海岸的

1.(**A**) (A) 只有。　　(B) 因為。　　(C) 甚至。　　(D) 附有。

2.(**B**) another 指的是「另外任何一個的」，因此至少有三個才能用；如果只有兩個時，就只能用 the other。本題因有三部分（12 percent；40 percent；the rest），故選(B) another。(A)(D)則句意不合。

3.(**D**) (A) 最好的部分。(B) 地方。　　(C) 高度。　　(D) 剩餘（其前須有 the）。

The mountains are *too* <u>steep</u> *to farm.* The high plateau *in the middle*

4

of Mexico would be good farmland *if it had more* <u>water</u>.

5

　"那些山地太陡峭而無法耕作。墨西哥中部的高原，如果有更多的水，將會是很好的農地。"

＊ The high …more water 是表示與現在事實相反的假設，由 if 引導表條件的副詞子句，修飾 be（詳見文法寶典 p.361）。

farmland〔'farm,lænd〕*n.* 農地

4. (**C**)　(A) 溫暖的 。　　　　　　(B) mild〔maɪld〕*adj.* 溫暖的

　　　　(C) *steep*〔stip〕*adj.* 陡峭的　(D) 好的 。

5. (**C**)　(A) 農夫 。　　　　　　　(B) 丘陵 。

　　　　(C) 水 。　　　　　　　　　(D) cattle〔'kætl̩〕*n.* 牛

　　　上段提到 dry, high plateaus ，可聯想到 water 對於該地區之重要性 。

The coastal areas receive *so* much rain *that the land often becomes*
　　　　　　　　　　　　　　　　　6
waterlogged. For all of these reasons, Mexicans must take care of the

good farmland *(which) they have. Yet* good farming has *not always* been

possible *in Mexico.*

"海岸區的雨水下得太多，以致於土地往往變得泥濘不堪 。基於這些理由，墨西哥
人必須照顧他們所擁有的良好農地 。但是在墨西哥却未必可有良好的農作 。"

　* that 引導副詞子句修飾前面的相關副詞 so，表前面原因的結果 ，so 則修飾
　　其後的 much （詳見文法寶典 p.516）。

　　　　waterlogged〔'wɔtɚ,lɑgd〕*adj.* （地）被水浸透了的；泥濘的
　　　　Mexican〔'mɛksɪkən〕*n.* 墨西哥人　*adj.* 墨西哥的
　　　　take care of "看護；照料"　　*not always* "不一定總是；未必"

6. (**A**)　(A) 雨水 。　(B) 風 。　(C) 霧 。　(D) 日光 。

For many centuries, Mexican farmers had grown traditional crops.
　　　　　　　　　　　　　　　　　　7
These included corn, beans, and squash.
　　　　8

　　"好幾百年以來，墨西哥的農夫一直種植傳統的農作物 。這些包括玉蜀黍、豆
類和南瓜 。"

　* For many centuries 是副詞片語 ，修飾 grown，表時間 。
　　　　traditional〔trə'dɪʃənl̩〕*adj.* 傳統的
　　　　bean〔bin〕*n.* 豆；豆類　　squash〔skwɑʃ〕*n.* 南瓜

7.（**B**）(A) 使用 。　　(B) <u>種植</u>。　　(C) 看見 。　　(D) 錯失 。

8.（**D**）(A) produce〔prə'djus〕*vt.* 生產

　　(B) combine〔kəm'baɪn〕*vt.* 聯合

　　(C) substitute〔'sʌbstə,tjut〕*vt.* 以～代替

　　(D) *include*〔ɪn'klud〕*vt.* 包括

However, *when the Spanish arrived in the 1500's*, they tried to <u>introduce</u>

new ideas. They thought new plants *such as* onions, turnips, sugarcane,

and bananas would <u>do</u> *well* *in the warm, tropical climate.* *But* the Mexicans
　　　　　　　　　 10

wished to continue *with their old ways.*

"然而，當西班牙在十六世紀抵達時，就試著引入新的觀念。他們認爲像洋葱、蘿

蔔、甘蔗和香蕉等新植物，在這溫暖的熱帶氣候會長得很好。但是墨西哥人希望持

續他們古老的方式 。"

　　　　Spanish〔'spænɪʃ〕*n.* 西班牙人（集合名詞，須加定冠詞）

　　　　turnip〔'tɜnɪp〕*n.* 蘿蔔；蕪菁　　sugarcane〔'ʃʊgə,ken〕*n.* 甘蔗

　　　　tropical〔'trɑpɪkl̩〕*adj.* 熱帶的

9.（**A**）(A) <u>引入；介紹</u> 。　　　　(B) replace〔rɪ'ples〕*vt.* 代替

　　　　(C) 誤會 。　　　　　　　　　(D) abandon〔ə'bændən〕*vt.* 放棄

10.（**B**）(A) 是 。　　　　　　　　　(B) *do* *vi.*（植物）成長（＝ grow ）

　　　　(C) plant *vt.* 種植（主詞爲人）(D) 收到 。

Test 54 詳 解

There are *roughly* three New Yorks. There is, *first*, the New York *of the man or woman* **who** *was born here*, **who** *takes the city for granted* **and** *accepts its size and its turbulence as natural and inevitable.*

" 紐約大致有三個。第一，是在當地出生之男女心目中的紐約，他們視這個城市爲理所當然，認爲它的大小和動亂是自然而不可避免的 。"

＊第一個關係代名詞who，引導形容詞子句修飾 the man or woman 。第二個who則引導補述用法的形容詞子句，修飾 the man … here 整個先行詞和第一個形容詞子句（關係代名詞的雙重限制，詳見文法寶典 p. 164 ）。who takes … inevitable 子句中，由對等連接詞 and 連接 takes…和accepts… 兩個動詞片語 。

accept ～ as ＋補語　 " 認爲～是… "

1. (**C**) (A) 確實的　　　　　　　　(B) definite〔'dɛfənɪt〕*adj.* 明確的
   (C) *roughly*〔'rʌflɪ〕*adv.* 約略地　(D) rare〔rɛr〕*adj.* 罕見的
   本題應選副詞來修飾數詞 three, 故選(C)。

2. (**A**) *take ～ for granted* " 視～爲當然 "
   這個who 的先行詞是 the man … here，視爲單數，所以用單數動詞 takes, 選(A)。其他選項的動詞形式不合。
   (B)照原狀接受這個城市。*as it is* "〔用於句尾〕照原狀，照現狀 "

3. (**D**) (A) turbulent〔'tɝbjələnt〕*adj.* 動亂的
   (B) disturb〔dɪ'stɝb〕*vt.* 擾亂
   (C) noisy〔'nɔɪzɪ〕*adj.* 喧鬧的　(D) *turbulence*〔'tɝbjələns〕*n.* 動亂
   所有格 its 之後應接名詞，故選(D)。

4. (**B**) (A) inevitably 〔ɪn'ɛvətəblɪ〕 *adv*. 必然地

(B) ***inevitable*** 〔ɪn'ɛvətəbḷ〕 *adj*. 不可避免的

(C) inevitability 〔,ɪnɛvətə'bɪlətɪ〕 *n*. 必然性

(D) neutrality 〔nju'trælətɪ〕 *n*. 中立

由對等連接詞 and 連接兩個形容詞 natural 和 inevitable，作受詞補語，故選(B)。

Second, there is the New York *of the* underline{commuter} — the city ***that is***
                                                    5   ↑
underline{devoured} by locusts each day ***and*** underline{spat out} each night.
      6   7

"第二，是通勤者心目中的紐約——每天受蝗蟲吞噬，每晚又被吐出的城市。"

* 長劃（——）在此引導附加全句之意義的用語（詳見文法寶典 p.43）。that 引導形容詞子句，修飾 city，子句中又由對等連接詞 and 連接 is devoured… 和（is）spat out …兩個被動語態的動詞片語。

locust 〔'lokəst〕 *n*. 蝗蟲

5. (**A**) (A) ***commuter*** 〔kə'mjutɚ〕 *n*.【美】購用月〔季〕票通勤者

(B) computing 〔kəm'pjutɪŋ〕 *adj*. 計算的

(C) community 〔kə'mjunətɪ〕 *n*. 社區

(D) confusing 〔kən'fjuzɪŋ〕 *adj*. 令人困惑的

本題以「the ＋單數普通名詞」表該名詞全體總稱，the commuter 指全部的購月〔季〕票通勤者（詳見文法寶典 p. 217）。

6. (**C**) (A) detain 〔dɪ'ten〕 *vt*. 使延遲   (B) retain 〔rɪ'ten〕 *vt*. 保留

(C) ***devour*** 〔dɪ'vaʊr〕 *vt*. 吞食；狼吞虎嚥

(D) spend " 花費 "

根據句意，應選(C) devoured，和 is 形成被動語態。因為 is 是句子的本動詞，其後不可再接動詞，故(A)(B)(D)不合

7. (**B**) spit 〔spɪt〕 *vt*. 吐出（其過去式和過去分詞為 spat 〔spæt〕或 spit）

本題由 and 連接兩個被動語態，而(C) spits into 是主動，不合。又根據句意，只有 spat out（被吐出）與 devoured（被吞食）的意思相對，故選(B)。

Third, there is the New York *of the person **who was born somewhere else***

and came to New York in quest of *something.*
8

"第三，是在其他某個地方出生，來到紐約尋找某事物的人，其心目中的紐約。"

   * 關係代名詞who引導形容詞子句，修飾person; 子句中，由對等連接詞
and連接was born …和came to …兩個動詞片語。

8. （ **B** ） (A) in debt to "負～債"   (B) *in quest of* "爲了尋求～"
           (C) in regard to "關於"   (D) by way of "經由"

Of these three trembling cities, the greatest is the last —— the
9

city *of final destination*, the city *that is a goal*.
              10

"在這三個震顫的都市中，最偉大的是最後一個——那是個最後目的地的城市，
終點城市。"

    * 優等比較（最～）的句型如下：（詳見文法寶典 p.204）

> … the ＋最高級（＋單數名詞或 one）＋of（*or* among）＋人或物（複數）

在此爲了加強語氣，而把「 of ＋人或物（複數）」片語移到句首（詳見文法
寶典 p.641 ）。of final destination 是形容詞片語，修飾 city; 關係代名詞
that 則引導形容詞子句，修飾 city。

       trembling〔'trɛmblɪŋ〕*adj*. 震顫的
       goal〔gol〕*n*.（賽跑的）終點；目的地

9. （ **C** ）根據優等比較的句型，應選(C) of 。其他介系詞用法不合。

10. （ **D** ） (A) preoccupation〔pri,ɑkjə'peʃən〕*n*. 先佔；先入之見
            (B) complication〔,kɑmplə'keʃən〕*n*. 糾紛
            (C) fabrication〔,fæbrɪ'keʃən〕*n*. 建造
            (D) *destination*〔,dɛstə'neʃən〕*n*. 目的地

Test 55 詳 解

Dick McDonald, the <u>founder</u> *of McDonald's fast-food chain,* tells a
                      1
story *about his mother.*

She was from Ireland, ***and** to an Irish mother* a job is important —
mechanic, butcher, police officer, artist, barber, anything ***that** provides
a regular pay check.* My brothers and I always worked for ourselves, ***and***
this <u>drove her crazy.</u>
       2

　"狄克・麥當勞，麥當勞速食連鎖店的創始人，說了一則有關他母親的故事。

　她來自愛爾蘭；對一個愛爾蘭的母親而言，工作是重要的——技工、屠夫、警
官、藝術家、理髮師，任何能供給定期薪水支票的工作。我的兄弟和我，總是爲我
們自己工作，這件事使她發怒。"

* the founder … chain 爲插入的名詞片語，表 Dick McDonald 的同位語。
  and this … crazy 中的 this 表 My brothers … ourselves。

　　　founder〔'faʊndə〕 *n.* 創始人；建立者
　　　fast-food chain "速食連鎖店"　　　Ireland〔'aɪrlənd〕 *n.* 愛爾蘭
　　　Irish〔'aɪrɪʃ〕 *adj.* 愛爾蘭的　　　butcher〔'bʊtʃə〕 *n.* 屠夫
　　　barber〔'bɑrbə〕 *n.* 理髮師　　　pay check "薪水支票"
　　　drive** sb. **crazy** = **drive** sb. **mad "使某人發怒"

1.（**C**）(A) 發現者；拾獲者　　　　　　(B) 防禦物；防禦者
　　　　　(C) 創始人；建立者　　　　　　(D) 餵養者；給食器

2.（**A**）(A) 使她發怒
　　　　　(B) 使她發怒（根據句意，動詞須用過去式）
　　　　　(C) 使她發怒（理由同(B)）
　　　　　(D) 使她非常興奮

Years <u>went by</u>, ***and*** we were ***very*** successful ***with our restaurants.***
　　　　　　3

" Your sons have their name on buildings ***and*** in TV commercials, " said

one of Mother's friends.　" I'll bet you're ***really*** <u>proud of them.</u>
　　　　　　　　　　　　　　　　　　　　　　　　　4

　　" I guess so, "Mother replied.　" ***But*** I ***still*** wish they <u>had</u> good,
　　　　　　　　　　　　　　　　　　　　　　　　　　　　　5

steady jobs. "

　　「經過幾年，我們的餐廳非常成功。「妳孩子們的名字出現在各建築物和電視的商業廣告上，」母親的一位朋友說道。「我相信妳十分以他們爲傲。」

　　「我也這麼想，」母親回答說，「不過，我還是希望他們有良好、固定的工作。」

　　　　go by "（時間）消逝；過去 "
　　　　commercial〔kə'mɝʃəl〕*n*. 無線電或電視的商業廣告
　　　　be proud of " 以～爲榮；以～自傲 "

3.（ **D** ）(A) 飛到看不見　　　　　　　(B) 損壞
　　　　　(C) 令她失望　　　　　　　　(D) <u>消逝</u>
　　　　　out of sight " 看不見 "　　***break down*** " 損壞；崩潰 "
　　　　　let sb. down " 令某人失望 "

4.（ **B** ）(A) 爲他們擔心　　　　　　　(B) <u>以他們爲榮</u>
　　　　　(C) 爲他們憂慮　　　　　　　(D) 破成碎片
　　　　　shatter〔'ʃætɚ〕*vt*. 使破滅；使粉碎

5.（ **D** ）根據句意，得知與現在事實相反，所以用 had。

Test 56 詳 解

The seashore may be *simply* described as a land *that meets the sea*, **but** for many of us it is *rather* a special place. *Perhaps* this is **because** we like to spend a holiday *there* — bathing, playing *on the sand*, walking *on the beach*, looking for treasure or wildlife or *simply* sitting *in a deck-chair* doing nothing *in particular*.

" 海岸可能只被簡單地描述爲與海相交的一塊陸地，但是，對我們之中許多人而言，那是非常特別的地方。也許這是因爲我們喜歡在那裏渡假——泡水、在沙上玩耍、在海灘散步、尋找寶藏或野生動物、或只是坐在帆布睡椅上，不做什麼特別的事。"

* doing …表示與 sitting …同時在進行的動作。（詳見文法寶典 p.453）

  wildlife〔ˈwaɪldˌlaɪf〕*n.* 野生動物

  deckchair〔ˈdɛkˌtʃɛr〕*n.* 帆布睡椅（可以折疊坐臥兩用椅）

1. (D)　spend（花費）的句型：*sb.* ＋ **spend** ＋**時間**＋（*in*）＋**V-ing**
   (A) cost 作「花費」解時，通常以事物爲主詞。
   (B) waste（浪費）在此不合句意。
   (C) take（花費）多以 It 爲其形式主詞，後接眞正主詞——不定詞片語。
   　　而且 like to 之後也應接原形動詞，而非過去式。

2. (B)　根據句意，應選 or。

But *if we go back about 300 years* we would find **that** nobody had even heard of seashore holidays, **while** bathing *in the sea* would have seemed a very strange thing *to do*. The few people *who could afford* *a holiday* would *most likely* visit a spa town, *which* had *wells* or *mineral*

springs [whose *waters were believed to be good* for *people*, *either* for
　　　　　6　　　　　　　　　　　　　　　　7

drinking or for bathing in.]

　　" 但是 ，假如我們回溯到大約三百年前 ，我們會發現 ，甚至沒有人聽說過海濱
渡假 ，而在海裏泡水似乎是十分奇怪的事 。極少數能夠渡假的人 ，很可能會去一個
有礦泉名勝的城鎮 ，該地有井或礦泉 ，人們相信其水質無論飲用 ，或是在裏面浸泡 ，
都對人有益 。"

　　　　go back " 回溯 ；追溯 "　　　spa 〔spɑ, spɔ〕 *n.* 礦泉名勝 ；礦泉
　　　　mineral spring　" 礦泉 "

3.(**C**) 根據上下文 ，應選(C) nobody (沒有人)。

4.(**A**) 根據句意 ，應選(A) do 。

5.(**B**) (A) affect 〔ə'fɛkt〕 *vt.* 影響
　　　　(B) *afford* 〔ə'ford, ə'fɔrd〕 *vt.* 力足以
　　　　(C) affront 〔ə'frʌnt〕 *vt.* 當面侮辱
　　　　(D) affirm 〔ə'fɝm〕 *vt.* 斷言 ；證實

6.(**C**) 關係代名詞 whose 引導形容詞子句 ，修飾 wells 和 springs 。
　　　　(A) its, (B) their, (D) those 都缺少連接詞的功用 ，故不合 。

7.(**A**)　good 在此作「有益的 ；適宜的 」解 。

At first, hot springs were favored for bathing, *but then* some doctors
　　　　　　　　　　　　　　　　　　8

suggested *that* bathing *in cold water* might be *just as* good. It was *much*
　　　　　　　　　　　　　　　　　　　　　　9

later *that* the idea *of a family holiday at the seaside* became popular.

People had discovered *that* bathing in the sea and taking the air were

more pleasant *in the summer*.
　　10

"起初，人們喜歡泡溫泉，但是當時有些醫生建議，在冷水裏浸泡也可能一樣有益。更後來，全家在海邊渡假的觀念，變爲普及起來。人們已經發現，炎炎夏日中，在海裏浸泡，到戶外透透氣，更令人愉快。"

> *第二句中的 It 是加强語氣的用法，其句型結構如下：
>
> **It was ＋所要加强的部分＋ that ＋其餘部分** （詳見文法寶典 p.115）
>
> *take the air* "到戶外透透氣"

8.（**C**）(A) allow〔ə'lau〕*vt.* 允許
   (B) reject〔rɪ'dʒɛkt〕*vt.* 拒絕
   (C) *favor*〔'fevɚ〕*vt.* 偏好
   (D) arrange〔ə'rendʒ〕*vt.* 整理；安排

9.（**A**）…might be just as good.

   ＝…might be just *as good as bathing in hot springs*（*might be good*）.

   也就是 good 之後省略了句意明確的從屬子句。(as…as～ "和～一樣…")

10.（**D**）(A) fresh〔frɛʃ〕*adj.* 新鮮的
   (B) crowded〔'kraudɪd〕*adj.* 擁擠的
   (C) economical〔,ikə'nɑmɪkl〕*adj.* 節省的
   (D) *pleasant*〔'plɛznt〕*adj.* 愉快的

Test 57 詳 解

Heart disorders kill *approximately* one million Americans *every year*.

The causes *of coronary diseases* are known to be multiple, *but* are not
1

well understood.

"心臟的疾病每年奪去大約一百萬個美國人的生命。冠狀血管疾病的起因已
知有很多，但是人們並不十分了解。"

　　disorder〔dɪsˈɔrdə〕*n.* 疾病；不適
　　approximately〔əˈprɑksəmɪtlɪ〕*adv.* 大概；近乎
　　coronary〔ˈkɔrəˌnɛrɪ〕*adj.* 冠狀的　　multiple〔ˈmʌltəpḷ〕*adj.* 多樣的

1. (**A**) (A) 多樣的　　(B) 極度的　　(C) 輕微的　　(D) 有規律的

Many studies suggest *that* the stresses *and* strains *of life* are a
2

contributing factor.
3

"許多研究顯示，生活的壓力和負擔是一個促成的因素。"

　　factor〔ˈfæktə〕*n.* 因素

2. (**B**) (A) 力氣，是不可數名詞，不可加 s。
　　　　(B) *strain*〔stren〕*n.* （過度的）負擔
　　　　(C) struggle〔ˈstrʌgḷ〕*n.* 努力；掙扎
　　　　(D) support〔səˈport〕*n.* 支持

3. (**B**) (A) contribute〔kənˈtrɪbjʊt〕*vi.* 促成
　　　　(B) *contributing*〔kənˈtrɪbjʊtɪŋ〕*adj.* 促成的
　　　　(C) attribute〔əˈtrɪbjʊt〕*vt.* 歸於
　　　　(D) attributing〔əˈtrɪbjʊtɪŋ〕*adj.* 歸屬的

Scientists have related heart attacks to a particular personality pattern, *called type A*. Type A people struggle *continually* [*to accomplish too many things in too little time* **or** *against too many obstacles.*]
4

"科學家們認為心臟病突發，和一種稱為A型的特殊人格類型有關。A型的人不斷地努力，想要在極短的時間內，或在遭遇許多障礙下，完成許多事情。"

* called type A 是由補述用法的形容詞子句which is called type A 簡化而來的分詞構句，補充說明 pattern。to accomplish … obstacles 是副詞片語，修飾 struggle，表目的。

　　relate ～ to … "使～和…有關係"

　　attack〔ə'tæk〕*n.*（疾病的）發作　　obstacle〔'ɑbstəkl〕*n.* 障礙

4.（**D**）　against 在此作「抵抗」解。

They appear aggressive, competitive ***and*** ambitious for power ***and***
5
achievement. A number of studies suggest ***that*** individuals *with type A personalities* are *more* likely ***than*** others to develop cardiac conditions.

"他們顯得有衝勁，有競爭心，並且對權勢和成就懷有野心。一些研究顯示，屬A型人格的人比其他人更可能罹患心臟疾病。"

　　　　aggressive〔ə'grɛsɪv〕*adj.* 積極的
　　　　competitive〔kəm'pɛtətɪv〕*adj.* 競爭的
　　　　cardiac〔'kɑrdɪ,æk〕*adj.* 心臟（病）的

5.（**D**）　*be ambitious for* "對～懷有野心"
　　　　(A) be jealous of "嫉妒"；(B) be anxious to-V "渴望～"；
　　　　(C) be crazy about "對～有狂熱"，均不合句意。

Test 58 詳 解

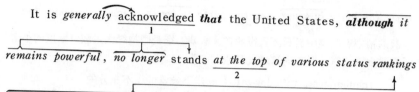

It is *generally* acknowledged *that* the United States, *although it*
                        1
remains powerful, *no longer* stands *at the top* of *various status rankings*
                                        2
that measure a country's position in the world.

　　"一般都承認，雖然美國仍然很強大，但是在評量一個國家的世界地位的各
種等級裏，美國不再高居首位。"

* It 是形式主詞，眞正主詞是 that 引導的名詞子句（虛字用法的 it，詳見文法
　寶典 p.113 ）。

　　　status〔'stetəs〕*n.* 地位；身分　　ranking〔'ræŋkɪŋ〕*n.* 等級

1.（ **B** ）acknowledge〔ək'nɑlɪdʒ〕*vt.* 承認
　　(A) 告訴，(C) 考慮，(D) 勸告，都不合句意。

2.（ **A** ）*at* the top of " 在～的最高地位 "

Whether the nation is judged on *political*, *economic*, *or military criteria*,
                                                                    3
it is evident *that* it has lost its number one status. Reasons *for the*
decline are offered *in every sector of the country.*

" 無論是由政治、經濟或軍事標準來判斷，很明顯的，美國已經失去第一的地位。
其式微的原因可由全國各地的反映看出。"

　　　decline〔dɪ'klaɪn〕*n.* 衰微　　sector〔'sɛktɚ〕*n.* 區域；部門

3.（ **C** ）criteria〔kraɪ'tɪrɪə〕*n.*（判斷的）標準
　　　(A)（付款、價格等的）條件；(B) 立場；(D) 基礎，皆不合句意。

Religious leaders focus on declining moral standards; parents complain
                                4

about an inadequate public education system; the party *out of power*

blames the party *in power, and* the party *in power* blames everyone else.

" 宗教領袖把焦點集中於日漸衰微的道德標準；家長們抱怨大衆敎育制度的不當；
在野黨譴責執政黨，而執政黨譴責其他人 。 "

        inadequate〔ɪn'ædəkwɪt〕 *adj.* 不適當的；不充分的

        focus on " 把焦點集中於 "   the party in power " 執政黨 "

4. (**C**) declining〔dɪ'klaɪnɪŋ〕 *adj.* 衰微的

        ⒝ declined 是過去分詞，表被動含意，在此不合 。而 decrease 則是
「減少」之意，也不合句意 。

Some suggest ***that*** the dominance *enjoyed by this country* was *purely*
                       5

an accident *of history* ***and*** not the result *of some special quality of*

the American people.

" 有人指出 ，美國過去所享有的優勢，純粹是歷史中的偶發事件，而不是美國人
擁有的某些特質所造成的結果 。 "

5. (**B**) 由全文可知，此處應選 ***dominance***〔'dɑmənəns〕 *n.* 優勢 。

        (A) competence〔'kɑmpətəns〕 *n.* 能力   (C) mirth〔mɝθ〕 *n.* 歡樂

        (D) content〔kən'tɛnt〕 *n.* 滿足

Test 59 詳 解

Nowadays, most cameras are *very* easy to use. *In the 1800s*, **however**,
                                                                        1
photography was *much* more difficult. **In the first place**, the cameras
                                                              2
were large **and** heavy. *Also* photographers needed to carry glass plates
                         3   4
and chemicals *with them* *in addition to their cameras.* They used the
                                      5
plates **and** chemicals *to develop their pictures.*

" 現在大部分的照相機使用起來都非常簡便。然而，在一八○○年代，攝影卻
困難多了。首先，當時的照相機又大又重。而且除了相機之外，攝影者還得隨身帶
著玻璃感光版和化學藥品。他們使用感光版和化學藥品來沖洗照片。"

camera〔'kæmərə〕*n.* 照相機　　photography〔fə'tɑgrəfɪ〕*n.* 攝影(術)
photographer〔fə'tɑgrəfɚ, fo-〕*n.* 攝影者
plate〔plet〕*n.*〔攝〕感光版　　chemical〔'kɛmɪkl〕*n.* 化學藥品
develop〔dɪ'vɛləp〕*vt.*〔攝〕顯影；沖洗

1.（**A**）　(A) 然而　　　　　　(B) 此外　　　　　(C) 無論如何
　　　　(D) accordingly〔ə'kɔrdɪŋlɪ〕*adv.* 於是

2.（**B**）　*in the first place* " 首先 "

3.（**D**）　(A) 小　　　　(B) 大　　　　(C) 輕　　　　(D) 重

4.（**A**）　*carry sth. with. sb.* " 隨身帶著～ "

5.（**C**）　(A) 超過　　　　(B) 代替　　　(C) 除了～之外　　(D) 為了

In those days, photographers had to develop their pictures *right after*
                                                                          6
they took them. Some of the chemicals smelled very bad **and** burned holes
                                                         7
in clothing. One chemical, silver nitrate, made the photographers' fingers
                                              8

turn black. Photography was $\underset{9}{\underline{no}}$ easy task. ***Therefore***, most photographers

$\underline{were}$ professionals.
10

"當時，攝影者一拍完照，就得沖洗照片。有些化學藥品的味道很難聞，而且會把衣服燒破洞。有種化學藥品叫做硝酸銀，會弄黑攝影者的手指。攝影絕不是簡單的工作。因此，大多數的攝影者都是專業的。"

* silver nitrate 是 One chemical 的同位語。

nitrate〔'naɪtret〕*n.* 硝酸鹽　　***silver nitrate***〔化〕硝酸銀
professional〔prə'fɛʃənl〕*n.* 從事專門職業的人

6.（**A**）⒜ 馬上；即刻　　⒝ 左邊的　　⒞ 快的　　⒟ 快的

7.（**C**）⒜ 漂亮的　　⒝ 更糟的　　⒞ 令人不愉快的　　⒟ 醜的

8.（**C**）使役動詞make＋受詞＋原形動詞。（詳見文法寶典 p.421）
　　　　⒜ get，⒝ force，⒟ burn 沒有上述的句型。

9.（**D**）no 加在 be 動詞的補語（名詞）或其他形容詞之前，作「絕不是」解。
　　　　例：He is ***no*** scholar.（他根本不是個學者。）
　　　　⒜ *not* → not an

10.（**B**）本題敍述過去的事實，故用過去式。

Test 60 詳解

An *extremely* wealthy man was greeted *one evening* by his young daughter *who announced*, "Daddy, I sold my dog today."
1

"Sold your dog?" asked the father. "For how much?"
2

"You won't believe it — ten thousand dollars!"
3

"Really? Show me the money."
4

"Oh, I didn't get any money," replied the daughter. "I got 2 five-thousand-dollar cats for it."
5

「有天晚上，大富翁的小女兒迎接他回家，並且對他說：「爸爸，我今天把狗賣掉了。」

「賣狗？」這父親接著問：「賣了多少錢？」

「你不會相信的——賣了一萬元！」

「真的？把錢拿給我看。」

「哦，我沒拿錢，」這女兒回答說：「我拿它換了兩隻價值五千元的貓。」

extremely〔ɪk'strɪmlɪ〕 *adv.* 非常地　greet〔grit〕 *vt.* 迎接
announce〔ə'naʊns〕 *vt.* 宣告

1. (**D**) 敘述過去發生的事，故用過去式。
　　(A)未來式，(B)過去完成式，(C)現在進行式，都不合句意。

2. (**B**) (A) 你在開玩笑吧！(B) 賣狗？　(C) 等一會兒！　(D) 不要騙我。

3. (**C**) (A) 我不知道　(B) 非常貴　(C) 你不會相信的　(D) 它很值得

4. (**B**) (A) 誰付(錢)呢　(B) 拿給我看　(C) 你有數(錢)嗎　(D) 兌現

5. (**A**) for 在此表示「交換」，相當於 *in exchange of*。

Test 61 詳 解

Ai-mei : Mom, I think I've <u>come down</u> with a cold. I'm not well *enough to*
go to Wen-lan's birthday party tonight.
                              1

Mother : <u>Don't you</u> worry about it. I'll give her a ring *and* explain. I'm
            2
         sure she'll understand.

"艾美：媽，我想我已經感冒了。我不太舒服，今天晚上沒辦法去參加文蘭的生日宴會。"
  母親：妳不用擔心。我會打電話向她解釋。我相信她會了解。"

     ring〔rɪŋ〕 *n.* 打電話

1.（**B**）(A) 趕上   (B) 病倒   (C) 養育   (D) 倒下

2.（**D**） Don't you＋原形動詞…．〔不可寫成*You don't*＋原形動詞…．〕本題是祈
          使句的否定句型，保留主詞 you，是爲了引起對方注意。（詳見文法寶典 p. 358)

Ai-mei : ***But*** I wanted *so much* to go. I've been <u>looking forward to it</u> *all week*.
                                                        3

Mother : I know *exactly **how*** you feel, dear. Why don't we throw a party for
                          4
         your birthday, ***which** is next month*, *and* invite Wen-lan over ?

Ai-mei : Thanks, mom. That's *very* thoughtful <u>of</u> you."
                                        5

"艾美：但是我很想去。我整個星期都在盼望它的來臨。
  母親：親愛的，我很清楚妳的感受。妳的生日就在下個月，我們何不也辦個生日
       宴會，邀請文蘭過來呢？
  艾美：謝謝媽。妳那麼做實在很週到。"

3.（**C**） look forward to（盼望）後面必須接代名詞、名詞或動名詞。而且根
          據句意，應用現在完成進行式。

4.（**B**）(A)如何感覺，不合句意；(C)(D)中的 feel 是不及物動詞，不可接 what 爲受詞，故選(B)。

5.（**A**） be thoughtful of "（爲他人）設想週到 "

Test 62 詳 解

In recent years, Americans have become health conscious. They
                                                 1
are paying careful attention to the foods *they eat* *in an effort to a-*
        2
void fats, cholesterol, sodium, ***and chemicals.*** *In* addition , they are
                                                                3
becoming aware of the dangers *of cigarettes, alcohol,* ***and other drugs*** .
          4
To further improve the quality of their lives, Americans are jogging,
 swimming ***and*** bicycling *to stay fit.*
    5

　　" 近年來，美國人漸漸對健康產生自覺，他們非常注意他們所吃的食物，盡
力避免脂肪、膽固醇、鈉及其他化學藥品。此外，他們也開始察覺香煙、酒精和
其他藥物的危險性。為了進一步改善他們的生活品質，美國人以慢跑、游泳及騎
自行車來保持健康。"

　　　　cholesterol〔kəˈlɛstəˌrol〕*n.* 膽固醇
　　　　sodium〔ˈsodɪəm〕*n.* 鈉　　alcohol〔ˈælkəˌhɔl〕*n.* 酒精；酒
　　　　pay attention to " 注意 "　　　　***in an effort to-V*** " 努力去～ "

1. (**C**) (A) 健康的　　(B) 有益健康的　　(C) 健康　　(D) 治癒

2. (**C**) be + V-ing 表現在進行式，選(C) paying。

3. (**C**) ***in addition*** " 此外 "

4. (**A**) ***become aware of*** " 察覺 "

5. (**D**) and是對等連接詞，由它所連接的現在分詞 jogging 和 bicycling 可知，
　　　　　　應選(D) swimming 才能形成對稱。

Test 63 詳 解

Inflation is an <u>economic</u> situation *in which prices increase and the*

　　　　　　　　　　1

value of the dollar <u>decreases</u>. During times of inflation, people buy less

　　　　　　　　　2

because they cannot afford the inflated or high prices. Since people buy

less, <u>production</u> slows down, *and* many companies have to <u>lay off</u> work-

　　　　　3　　　　　　　　　　　　　　　　　　　　　4

ers. *Because of high unemployment*, many people cannot afford to buy

things *they want*. This period of high unemployment *and* low <u>spending</u> is

　　　　　　　　　　　　　　　　　　　　　　　　　　　5

called a recession.

　　"通貨膨脹是一種物價上漲、幣值貶低的經濟情勢。在通貨膨脹期間，人們因爲負擔不起上漲的高價，所以較少購買物品。因爲人們較少購買物品，生產也緩慢下來，很多公司就必須暫時解雇員工。因爲高失業率，很多人買不起他們想要的東西。這段高失業、低消費的時期被稱爲「經濟蕭條」。"

　　inflation〔ɪnˈfleʃən〕*n.* 通貨膨脹
　　afford〔əˈfɔrd〕*v.* 力足以；買得起
　　situation〔ˌsɪtʃʊˈeʃən〕*n.* 情勢
　　unemployment〔ˌʌnɪmˈplɔɪmənt〕*n.* 失業
　　recession〔rɪˈsɛʃən〕*n.* 經濟蕭條

1. (D) 　(A) 節儉的　　　(B) 節儉地　　　(C) 經濟學　　　(D) 經濟的

2. (D) 　and 是對等連接詞，連接兩個現在式的動詞 increase 和 decreases，選
　　　　　(D)。 decrease〔dɪˈkris, diˈkris〕*v.* 減少

3. (B) 　這裏需要一個名詞做 slows down 的主詞，選(B) production。

4. (A) 　have to（必須）後面須接原形動詞。 *lay off* "暫時解雇"

5. (D) 　and 是對等連接詞，連接名詞 unemployment 及動名詞 spending，選(D)。

Test 64 詳解

Advertising is a way *to get people to buy a company's products.*

Advertising agencies believe that *if they show you the same ad enough*
₁

times, they can make you prefer a certain product. Ads have you believe
₂

that their product washes cleaner, lasts longer, protects you better,
₃

lets you have more free time, makes you more attractive, *or* impresses
₄

your friends. *By appealing to you in this way*, they hope to persuade
₅

you to buy.

"廣告是促使人們購買某公司產品的一種方法。廣告代理商相信,假如他們向
你展示同一廣告的次數夠的話,便能使你喜歡上某種產品。廣告使你相信他們的產
品能夠洗得更乾淨、保持得更長久、把你保護得更周到,使你有更多空閒的時間、
使你更吸引人、或給你的朋友留下深刻印象。藉著這種方式吸引你,他們希望說服
你去買。"

advertising〔'ædvɚˌtaɪzɪŋ〕 *n.* 廣告
agency〔'edʒənsɪ〕 *n.* 代理商
impress〔ɪm'prɛs〕*vt.* 使有深刻印象   *appeal to sb.* "吸引某人"

1.(**D**) 本題的主詞是 Advertising agencies,還缺少動詞,故選(D)。

2.(**B**) 使役動詞make後面須接原形動詞,所以選(B)。

3.(**D**) 由後面的 lasts *longer*,protects you *better*,可知此處需填 cleaner,
以使結構對稱。

4.(**A**) more 之後接原級形容詞,形成比較級,選(A)。

5.(**A**) hope to＋原形動詞(希望～)。   persuade〔pɚ'swed〕*vt.* 說服
(B) persuasive〔pɚ'swesɪv〕*adj.* 能說服的

Test 65 詳 解

Denise : ***If you jog for an hour every day***, you're sure to lose weight.

Florence : Could be, ***but*** I've just read a book ***arguing otherwise.***
　　　　　　　　　　1

Patrick : I <u>agree</u> with Florence. I ruined my knees *jogging.*
　　　　　　　　2

"丹 妮 斯：如果你每天慢跑一小時，你的體重一定會減輕。

　佛羅倫斯：可能吧，但是我才剛看過一本書，有不同的說法。

　派 屈 克：我同意佛羅倫斯的話。我因慢跑而傷了膝蓋。"

　＊ jogging 是由副詞子句 because I jogged 簡化而來的分詞構句，表原因。

　　　　otherwise〔ˊʌðɚˏwaɪz〕*adv.* 不同地　　　ruin〔ˊruɪn〕*v.* 破壞

1.（ **A** ）根據前後句意，選用連接詞 but。

2.（ **C** ）(A) read 閱讀　　(B) argue 爭論　　(C) ***agree*** 同意　　(D) disagree 不同意

Denise : Some experts seem to disagree with you <u>*there*</u>. *Maybe* you
　　　　　　　　　　　　　　　　　　　　　　3

　　　　　　didn't wear the <u>proper</u> running shoes.
　　　　　　　　　　　　4

Florence : Let's face it. The only way ***to lose weight*** is to <u>eat</u> less.
　　　　　　　　　　　　　　　　　　　　　　　　　　　5

Patrick : *Not* <u>*necessarily.*</u>　It's clear ***from the evidence that*** heredity
　　　　　　　　6

　　　　　　is a factor.

"丹 妮 斯：關於這一點，有些專家似乎不同意你的說法。也許你沒有穿適當的慢跑鞋。

　佛羅倫斯：面對事實吧。減輕體重唯一的辦法就是少吃東西。

　派 屈 克：不一定。有證據明白顯示，遺傳也是一個因素。"

　　　　heredity〔həˊrɛdətɪ〕*n.* 遺傳　　factor〔ˊfæktɚ〕*n.* 因素

3.（ **B** ）　there 在此作「關於那一點」解。其它選項不合句意。

4.（ **D** ）(A) new 新的　　(B) old 舊的　　(C) expensive 昂貴的　　(D) ***proper*** 適當的

5.（**C**）(A) run 跑步　　(B) exercise 運動 (C) *eat* 吃　　　(D) work 工作

6.（**D**）*not necessarily* 未必　　(B) fairly〔'fɛrlɪ〕*adv.* 公平地

Florence : I try *hard* to avoid eating red meat *and* fatty food.
　　　　　　　　　　　　　　　　　　　　　　　　　　　　7

Denise　: That's no hardship, *given the cost of meat these days.*
　　　　　　　　　　　　　　　8

Patrick : You may laugh, *but* I've been thinking of becoming a vegetarian.
　　　　　　　　　　　　　　　　　　　　　　　　　　　　　　9

Denise　: Oh, Patrick, you must be out of your mind. You will be hun-
　　　　　　　　　　　　　　　10
　　　　　　gry *all the time.*

"佛羅倫斯：我盡量不吃牛、羊肉，以及脂肪過多的食物。
　丹 妮 斯：最近的肉價很貴，那並不難。
　派 屈 克：你大概會笑，我一直想吃素。
　丹 妮 斯：噢，派屈克，你一定是瘋了。你會常常挨餓的。

　　　　red meat 紅肉（牛肉、羊肉等）
　　　　hardship〔'hɑrd,ʃɪp〕*n.* 艱難　　*out of one's mind* 發瘋

7.（**A**）根據句意，應選(A) food 來指除了 red meat 以外，其他脂肪過多的食物。
　　　　(C) fatty fish（多脂肪的魚）句意不合。

8.（**B**）given the … days 是由 *if you are* given the … days 簡化而來的分詞構
　　　　句。　(A)被拿取，(C)被提供，(D)被供應，都與句意不合。

9.（**C**）(A) jogger 慢跑者　　　　　(B) sportswoman 女運動家
　　　　(C) *vegetarian*〔,vɛdʒə'tɛrɪən〕*n.* 素食者
　　　　(D) cook 厨師

10.（**A**）表示肯定推測的助動詞，應用 must，故選(A)。

Test 66 詳 解

Some reading *you select for yourself* will be for learning, <u>some</u> will
be for pleasure or recreation. ***Since*** *your purpose for reading is not always* <u>*the same*</u>, the way *in* **which** *you read the* <u>*material*</u> will differ.

　　" 在你爲自己選擇的讀物中 ,有一些是爲了學習之用 ,有一些則是爲了樂趣或消遣 。由於你讀書的目的不一定相同,所以你在閱讀資料時所用的方法,也不相同。"

　　　　recreation〔͵rɛkrɪ'eʃən〕*n.* 消遣

1.（**B**） 由單數的 Some reading 可知 ,應選(B) some (reading), some … some ﹑
　　some … others 均可形成對照 ,但(D) others 則是表複數的 other readings,與前面不一致 ,故只能選(B) 。

2.（**A**） 根據句意 ,應選表原因的從屬連接詞 since (旣然 ;因爲) 。

3.（**B**） (B) ***the same*** 相同的 ,其他選項句意均不合 。

4.（**D**） (A) style 風格　　　　　　　(B) purpose 目的
　　　　　　(C) interest 興趣　　　　　　(D) ***material*** 資料

When you read to learn*,* you should <u>look for</u> main and supporting ideas,
trying to <u>*remember*</u> *facts and details.* You will probably read the material
<u>*more than once*</u>*.*

" 當你是爲了學習而讀書時 ,你應該找出主要及次要的意旨 ,並試著記住事實和細節 。你可能會不止一次閱讀這份資料 。"

　　* trying to … details是由對等子句 and (*you should*) try to … details簡
　　　化而來的分詞構句 ,表連續的動作 。

supporting 〔sə'pɔrtɪŋ〕 *adj.* 支持的；協助的

5. (**C**) (A) look up 查出   (B) look into 調查
    (C) ***look for*** 尋找   (D) look through 看穿

6. (**A**) (A) ***remember*** 記住   (B) write 寫
    (C) supply 供給   (D) support 支持

7. (**C**) ***more than once*** 不止一次
    (A) for pleasure 爲樂趣   (B) on purpose 故意地
    (D) for a long time 很久

On the other hand, <u>when</u> you read for pleasure, you should try to read
—— 8 ——
much <u>faster</u>, not worrying about unknown words. Adjusting your reading
9
style to your <u>purpose</u> is an important part *of becoming a skillful reader.*
10
"另一方面，當你只是爲了樂趣而讀書時，就應該試著讀快一點，不要管不認得的
字。根據你的目的來調整讀書方法，是成爲高明讀者的一個重要因素。"

    adjust 〔ə'dʒʌst〕 *v.* 調整   ***adjust ~ to*** … 調整~使適合…
    skillful 〔'skɪlfəl〕 *adj.* 精湛的

8. (**C**) (A) as 如~一樣   (B) and 和
    (C) ***when*** 當~時   (D) so 所以

9. (**A**) (A) ***faster*** 較快   (B) slower 較慢
    (C) more carefully 更加小心   (D) more patiently 更有耐心

10. (**D**) (A) ideas 概念   (B) facts 事實
    (C) learning 學習   (D) ***purpose*** 目的

Test 67 詳 解

There are three ways *to take the salt from ocean water* : electrodialysis, freezing, *and* distillation. Electrodialysis is used to desalt water‾
1
that does not have much salt.

　　"從海水中去除鹽的方法有三種：電滲析法、冷凍法、以及蒸餾法。電滲析法用於去除含鹽量不高的水中的鹽。"

　　　　　electrodialysis 〔ɪˌlɛktrodaɪˈæləsɪs〕 *n.* 電滲析法
　　　　　distillation 〔ˌdɪstl̩ˈeʃən〕 *n.* 蒸餾
　　　　　desalt 〔dɪˈsɔlt〕 *vt.* 除去（海水之）鹽分

1. (B) water 〔ˈwɑtɚ〕 *n.* 水
　　　　(A) salt 鹽，(C) the sea 海洋，(D) the ocean 海洋，均不合句意。

In this process, an electric charge is sent *through the salty water* *and* causes the salt to separate from the water.
　　　　　　　　　　　　　　　2
"在此過程中，電荷被送入鹽水中，使得鹽從水中分離出來。"

　　　　　electric charge 電荷

2. (C) *separate from* 分離
　　　　(A) turn into 使變成，(B) melt in 融入，(D) get rid of 去掉，均不合句意。

Another method of desalinization is freezing. Ice is pure, fresh‾
　　　　　　　　　　　　　　　　　　　　　　　　　　　3
water.

　　"另外一種去除鹽份的方法爲冷凍法。冰是純淨的淡水。"

desalinization〔diˌsælənəˈzeʃən〕*n.* 除去鹽份

3.（**A**）　fresh〔frɛʃ〕*adj.* 淡的

　　　　(B) cold 冷的，(C) salty 有鹽份的，(D) freezing 冰凍的，均與上下文句
　　　意不合。

When seawater is frozen, the <u>salt</u> separates *and* can be washed off.
　　　　　　　　　　　　　　4

"當海水結冰時，鹽份就會脫離，並且可以清洗掉。"

4.（**C**）　salt〔sɔlt〕*n.* 鹽

　　　　(A) ice 冰，　(B) water 水，　(D) material 物質，均不合句意。

Finally, the ice be <u>melted</u> *and* used as fresh water.
　　　　　　　　　5

"最後，就可以把冰融解，當作淡水使用了。"

5.（**D**）　be melted　被融解

　　　　(A) be heated 被加熱，(B) be frozen 被冰凍，(C) be washed 被清洗，
　　　均與句意不合。

The oldest and most common way *to turn seawater into fresh water*

is distillation.　*In this process*, the sun provides the <u>heat</u> *for distillation.*
　　　　　　　　　　　　　　　　　　　　　　6

　"將海水變成淡水，最古老也是最普通的方法，就是蒸餾。在此過程中，太陽
提供了蒸餾所需的熱力。"

6.（**A**）　heat〔hit〕*n.* 熱力

　　　　(B) source〔sors, sɔrs〕*n.* 泉源，(C) method〔ˈmɛθəd〕*n.* 方法，
　　　　(D) possibility〔ˌpɑsəˈbɪlətɪ〕*n.* 可能性，均不合句意。

A piece of plastic covers a few inches of <u>salty</u> water *in a shallow basin*
　　　　　　　　　　　　　　　　　　　7

while the water evaporates with the heat of the sun.　The　vapor <u>rises</u>
　　　　　　　　　8　　　　　　　　　　　　　　　　　　9

until it hits the plastic top.

"在淺盆中注入幾吋深的鹽水，當水隨著太陽的熱力蒸發時，拿一塊塑膠板，將盆蓋住。蒸氣會上升，一直到碰到塑膠板爲止。"

> plastic〔'plæstɪk〕*n.* 塑膠　　shallow〔'ʃælo〕*adj.* 淺的
> vapor〔'vepɚ〕*n.* 蒸氣

7.（ B ）　salty〔'sɔltɪ〕*adj.* 有鹽份的
　　　　　 (A) fresh 清淡的，(C) hot 熱的 ，(D) frozen 冰凍的，均不合句意。

8.（ D ）　evaporate〔ɪ'væpɚ,ret〕*v.* 蒸發
　　　　　 (A) run 跑 ，(B) go 去 ，(C) melt 融化，均不合句意。

9.（ A ）　rise〔raɪz〕*vi.* 上升
　　　　　 (B) fall 掉落，(C) appear 出現 ，(D) disappear 消失，均不合句意。

Then it condenses into fresh water. The method is not very efficient
　　　　　　　　　 10
because it does not produce much water quickly enough.

"然後蒸氣就會凝結成爲淡水。這方法並不十分有效，因爲不能快速生產夠多的水。"

10.（ D ）　condense〔kən'dɛns〕*v.* 凝結
　　　　　 (A) turn 轉變 ，(B) change 改變 ，(C) freeze 凍結，均不合句意。

Test 68 詳 解

Fashions have strange ways of getting started and then being copied,
　　　　　　　　　　　　　　　1
but can you imagine a law **that decided the shape of the handkerchief you**

now use? It actually happened in France. Marie Antoinette didn't like
2　　　　　　　　　　　3
having handkerchiefs **made in all sizes and shapes.** Some were oblong, some
　　　　　　　　　　4
round, some triangular, and some square.
　　　　　　　5

　　"流行樣式興起和被人摹仿的方法是很獨特的。但是，你能想像一條法律居然
能規定你現在所用手帕的形狀嗎？此事的確發生在法國。瑪麗·安東尼皇后不喜
歡手帕有各式各樣的大小和形狀。有些是長方形的，有些是圓的，有些是三角形的，
有的則是方的。"

* Some were oblong, some (*were*) round, some (*were*) triangular,
and some (*were*) square. 其中後三個were，因為與其前 be 動詞完全相
同，均省略以避免重覆。

copy〔'kapɪ〕*vt.*摹仿　handkerchief〔'hæŋkətʃɪf〕*n.*手帕
oblong〔'ɑblɔŋ〕*adj.*長方形的　triangular〔traɪ'æŋgjələ〕*adj.*三角形的
square〔skwɛr〕*adj.*正方形的

1.(**B**)　**get started** 開始，語氣比 be started 更為加強。(A) having started
用完成式，表示動作比其前的動詞 have 更早發生，句意不對。(C) become
started 變得被開始，句意也不通。沒有(D) let started 的用法。

2.(**A**)　(A) **now** 現在　　(B) how 如何　　(C) forever 永遠 (D) never 絕不

3.(**A**)　頒布法律規定手帕形狀的事已經發生過了，故選(A) happened。

4.(**C**)　have 是使役動詞，手帕是被製造出來的，所以選(C)made。(A) bake 烘焙，
(B) forge 打（鐵），(D) set 安置。

5.(**A**)　(A) **triangular** 三角形的，(B) cone 圓錐，(C) cube 立方體，(D)concave凹面的。

She felt *that* *the square form was the most* <u>*convenient*</u> *for a handkerchief,*
                                                        6
and（that） they should only be made that way. <u>*So*</u> she asked Louis XVI
                                                        7
to issue a law, *and* <u>on</u> June 2, 1785, the King decreed *that* "*The length*
                      8
of handkerchiefs <u>*shall*</u> *equal their width, throughout my entire kingdom.*"
                      9
Handkerchiefs have remained square <u>*ever since.*</u>
                                        10

"她認爲方形的手帕最方便，手帕都應該做成這個樣子才對。於是，她要求路易十六發布一項法令，在一七八五年六月二號那天，國王頒布：「在我王國境內，每一條手帕的長度寬度必須相等。」從此以後，手帕都是方的。"

> * 在 She felt that … that way. 中，and 用來連接兩個 that 子句，做 felt 的受詞，其中第二個子句中的 that 被省略。

> issue〔ˈɪʃʊ〕*vt.* 發布　　decree〔dɪˈkri〕*vt.* 頒布（法令）

6.（D）　(A) conducive 有益的　　　　(B) concrete 具體的
　　　　　(C) comic 有趣的　　　　　　(D) *convenient* 方便的

7.（C）　(A) but 但是　　　　　　　　(B) nonetheless 仍然
　　　　　(C) *so* 所以　　　　　　　　(D) though 雖然

8.（B）　在某一個特定的日子，介系詞用 on。

9.（C）　表示立法、規章、法令等，無論主詞人稱如何，一律用 shall。

10.（D）　（*ever*）*since* 從那時候開始，與現在完成式連用，加上 ever，是用來強調語氣。

Test 69 詳解

What is a good vocabulary? How many words should one be able to use *in communicating with people?* It all depends *to a certain degree* on *what one does in life.*

"有多少字彙才算好？與人溝通時，要用多少單字？這或多或少要視個人從事的行業而定。"

vocabulary〔vəˈkæbjə,lɛrɪ〕 *n.* 字彙
communicate〔kəˈmjunə,ket〕 *vi.* 溝通

1.(**C**) should 應該，(A)(B)(D)都是過去式助動詞，顯然與時式不合。

2.(**B**) *to a ~ degree* 到~程度，如：to a certain degree 到某種程度，to a high degree 非常地，沒有(A)(C)(D)的用法。

3.(**A**) *in life* 在生活中，答案(D) for life 終身，不合句意，無(B)(C)的用法。

A farmer probably needs to know fewer words *than* a lawyer does. The average person *in America* uses less than 2,000 words in ordinary speech. Shakespeare, *on the other hand*, had a tremendous vocabulary: He used 15,000 words. *And by the way*, the Old Testament, *in its entire text*, uses less than 6,000 different words.

"農夫用的到的字彙，可能比律師少。一般美國人日常對話中，所用的單字不超過兩千個。另一方面，莎士比亞用的字多得驚人：他使用一萬五千個單字。順便一提，舊約聖經在整本書中，所用到的不同的字，還不到六千個。"

average〔ˈævərɪdʒ〕 *adj.* 一般的　*the Old Testament* 舊約聖經
text〔tɛkst〕 *n.* 本文

4.（**B**） 農夫用的字彙一般來說要比律師少，(A) less (B) fewer 都是「較少的」，
但是 less 是 little 的比較級，只能修飾不可數名詞，fewer 才能修飾可
數名詞，故選(B)。

5.（**C**） (A) abuse 濫用   (B) fuse 鎔合
      (C) *use* 使用   (D) accuse 控告

6.（**A**） (A) *speech* 談話   (B) address 演說；致辭
      (C) rhetoric 修辭學   (D) criticism 批評

7.（**D**） (A) noble 高貴的   (B) developed 已開發的
      (C) mature 成熟的   (D) *tremendous* 極大的

8.（**B**） *by the way* 順便一提
      (A) on the way 在途中，無(C)(D)用法。

9.（**C**） 此處的 its＝the Old Testament's。

10.（**C**） (A) way 方法   (B) saying 格言
      (C) *word* 單字   (D) item 項目

Test 70 詳 解

If you've ever been in a house where they <u>pointed</u> out the "drawing
₁
room" you know it's not a room where drawing or <u>painting</u> is done. It
₂
<u>seems</u> that during the 16th century in England, it became the <u>custom</u>
₃　　　　　　　　　　　　　　　　　　　　　　　　　　　　　₄
for ladies and gentlemen to separate after dinner.

　　"如果你去拜訪過的房子裏，有個房間叫"drawing room"，你就知道它並非
作畫的房間。英國大概在十六世紀的時候，男士女士就有在晚飯後分開相處的習慣。"

　　drawing room 客廳（晚飯後客人出餐廳休憩的地方）

1. (**A**) ***point out*** 指出　(B) show 顯示，(C) indicate 指出（及物動詞，後面不
　　　　　能加 out），(D) notice　注意。

2. (**D**)　drawing 跟 painting 都是「作畫」的意思。(A)閱讀，(B)唱歌，(C)跳舞，
　　　　　句意不合。

3. (**C**)　it seems that ～「似乎是～」。(A)打算，(B)相信，(D)認為，句意不合。

4. (**A**)　(A) ***custom*** 習俗　　　　　　　(B) exercise　運動
　　　　　　(C) form 形式　　　　　　　　(D) desire　慾望

The men <u>remained</u> in the dining room to drink and talk.　The ladies went
　　　　　₅
to a special room <i>set <u>aside</u> for their gossip and talk.</i> So <i><u>what</u></i> the ladies
　　　　　　　　　　　　　₆　　　　　　　　　　　　₇
did was " withdraw " <i>and</i> the room <i>they went to</i> came to be known as
　　　　　　　　　　　₈
the " withdrawing room. " <i>In time,</i> this was <u>shortened</u> to the " drawing
　　　　　　　　　　　　　　　　　　　　　　　　　　　₉
room, " which it is still <u>called</u> today.
　　　　　₁₀
"男士們繼續留在飯廳裏喝酒、談天。女士們則到特別保留給她們閒聊的房間裏。
所以女士們「退席」，她們去的房間就叫做"withdrawing room"，不久後這個名
稱便簡化成"drawing room"，並且延襲至今。"

gossip〔'gɑsəp〕*n.* 閒聊　　withdraw〔wɪθ'drɔ〕*vi.* 退席；撤退
in time 不久

5.（**D**）男士們「繼續」留在餐廳，並未轉移陣地,所以,根據句意選(D) remained。
(A) danced 跳舞 , (B) entertain 當不及物動詞 , 有「款待」的意思 , (C)
smoked 抽煙 , 均與句意不合。

6.（**C**）***set aside*** 保留 , 無(A)(B)(D)的用法。此處的 set aside for their gossip
and talk是由形容詞子句which was set ～ talk 簡化來的。

7.（**D**）此處需要一個關代 , 引導 the ladies did, 作動詞was的主詞 , 關代前又
無先行詞 , 故選(D)what（＝ the thing which）。

8.（**B**）此處需要連接詞 , 連接前後兩個子句 , 所以選(B) and。(A)但是 , (C)然而 ,
(D)因為 , 句意不符。

9.（**C**）(A) heighten　提高　　　　　(B) tighten　拉緊
　　　　(C) ***shorten***　縮短、簡化　　(D) lighten 照亮

10.（**C**）(A) remember　記得　　　　　(B) regard　認為
　　　　　(C) ***call*** 稱呼　　　　　　(D) know 知道

Editorial Staff

- **修編** / 謝靜芳
- **校訂**
  劉　毅・陳瑠琍・鄭麗雪・蔡琇瑩
  劉復苓・吳濱伶・吳秀芳
- **校閱**
  Nick Veitch ・ Joanne Beckett
  Thomas Deneau ・ Stacy Schultz
  David M. Quesenberry ・ Kirk Kofford
  Francesca A. Evans ・ Jeffrey R. Carr
  Chris Virani ・ Thomas Ball
- **封面設計** / 張鳳儀
- **版面設計** / 張鳳儀
- **版面構成** / 倪秀梅・王孝月・張端懿
- **打字**
  黃淑貞・倪秀梅・蘇淑玲・吳秋香・徐湘君

國立中央圖書館出版品預行編目資料

高中英文克漏字教本教師手冊／謝靜芳編著　--二版--
〔台北市〕：學習發行；
〔台北市〕：紅螞蟻總經銷，1997〔民86〕
　面；公分
ISBN 957-519-343-1（平裝）

1. 英國語言—問題集
805.189　　　　　　　　　　　　　　　83008259

高中英文克漏字教本教師手冊

編　　　著／謝　靜　芳
發　行　所／學習出版有限公司　　☎ (02) 2704-5525
郵　撥　帳　號／0512727-2 學習出版社帳戶
登　記　證／局版台業 2179 號
印　刷　所／裕強彩色印刷有限公司
台 北 門 市／台北市許昌街 10 號 2 F　　☎ (02) 2331-4060・2331-9209
台 中 門 市／台中市綠川東街 32 號 8 F 23 室　　☎ (04) 2223-2838
台灣總經銷／紅螞蟻圖書有限公司　　☎ (02) 2795-3656
美國總經銷／Evergreen Book Store　　☎ (818) 2813622
本公司網址　www.learnbook.com.tw
電 子 郵 件　learnbook@learnbook.com.tw

售價：新台幣一百二十元正
2002 年 10 月 1 日二版三刷